馬《ば》琴《きん》先生、妖《よう》怪《かい》です！

お江戸《えど》怪談《かいだん》捕物帳《とりものちょう》

楠木誠一郎
亜沙美【絵】

静山社

馬琴先生、妖怪です！　もくじ

主な登場人物

曲亭《きょくてい》（滝沢《たきざわ》）馬琴《ばきん》

大ブームとなった『南総里見八犬伝《なんそうさとみはっけんでん》』を代表作にもつ江戸時代の作家。争いごとと喧嘩《けんか》、おしゃべりな人と来客、子供《こども》、動物が大の苦手。なんだかとっつきにくい人柄《ひとがら》で、身の回りの世話をするお手伝いさんにはたびたび逃《に》げられる。

わらし

馬琴先生のところに突如《とつじょ》現《あらわ》れた座敷童《ざしきわらし》の女の子。推定《すいてい》五歳《さい》。おしゃべりで世話焼きな性格《せいかく》。人《ひと》嫌《ぎら》いで引きこもりの馬琴先生にたびたびお説教をする。自分そっくりな人形を抱えている。

お紺《こん》

馬琴先生の家の周辺では見かけないほどの美少女。おじいちゃんの善八《ぜんぱち》と二人暮らしだが、長《なが》屋《や》の人々はなぜかお紺たちの家の場所を知らない。稲荷寿司《いなりずし》が大好物。

原市《はらいち》

長身で、すばしっこく、元気いっぱいの男の子。正義感にあふれ、ひそかに思いを寄《よ》せているお紺ちゃんを守ろうとするが、胃腸が弱いのがたまにきず。考え事をすると、おなかが痛《いた》くなってしまう。あだなは「はらいた」。

平吉《へいきち》

太っちょでおっとりしたやさしい男の子。少し頼《たよ》りないが、いざとなると自由におならが出せるという特技がある。そのおならの威力《いりょく》は武器《ぶき》レベル。あだなは「へーきち」。

お幸《さき》

馬琴先生の長女。馬琴先生の身の回りの世話をしている。お幸にはわらしの姿《すがた》が見えないので、「おとっつぁん、ここんとこ、独《ひと》り言が増えたんじゃない？」と心配している。

馬琴先生、妖怪です！

お江戸怪談捕物帳

ぷろろーぐ

文字がうっすらと滲《にじ》んだり、少し歪《ゆが》んだりする。

曲亭馬琴《きょくていばきん》は、手にした筆をそっと硯《すずり》に置くと、右手の親指と人差し指で、目頭《めがしら》を押《お》さえて、ぐりぐりと動かした。

曲亭馬琴――変わった名だ。本名であるはずがない。本名は滝沢興邦《たきざわおきくに》という。下級武《ぶ》士《し》の家に生まれたが、いろいろあって、いまは戯作者《げさくしゃ》、つまり作家となっている。

「歳《とし》のせいかな」

五十六歳《さい》になって半年が経《た》つ。

人の年齢《ねんれい》は、母親の腹《はら》に宿ったときから数えはじめて、生まれたときには一歳。年が改まって元旦《がんたん》とともに歳が増える仕組みになっている。だから正月にもらう祝いを「お年玉」という。「数え」という歳の数え方だ。十二月に生まれた者は、すぐ二歳になってしまうのだ。

――「きゃはは」

どこからか少女の笑い声が聞こえてきた。

えっ。

目の見え方が悪くなってきただけではなく、耳まで遠くなってしまったか。

馬琴は、書斎《しょさい》を見回した。

そこかしこに木箱が積まれている。ぜんぶで四十箱くらいあるだろうか。なかには和書、つまり和綴《わと》じの書物《しょもつ》が入っている。

馬琴の読書の幅《はば》は広い。

小説、史書のほか、本草学《ほんぞうがく》などの薬物学書、医学書、儒教《じゅきょう》、仏教、道教《どうきょう》などにもおよんでいる。

南側には、小さい窓《まど》があり、西日が横から入ってきている。

時は、江戸《えど》時代。

ここは、江戸の城《しろ》の北に位置する、飯田町中坂下《いいだまちなかざかした》にある狭《せま》い家の二階だ。

――「きゃはは」

また少女の声が聞こえてきた。

馬琴《ばきん》は、あたりをきよろきよろ見回した。

腰《こし》にそっと手をあてる。

五十路《いそじ》を迎《むか》えたころから、馬琴は腰痛《ようつう》に苦しむようになった。腰のことを忘《わす》れて、急に激《はげ》しい動きをすると、ぎきっとなって、もうだめだ。うつぶせになったまま、まったく動けなくなってしまうのだ。

だれかいるのか？

「それ」を見た馬琴の目は、いったん通り過《す》ぎたところで、いちど止まった。

えっ!?

また、もとにもどって「それ」をたしかめる。

ええっ！

歳《とし》のころ五歳《さい》くらいの、おかっぱ頭で、丸顔の少女が、高く積み上げた木箱の上に立っていた。

着物の袖《そで》も裾《すそ》も短め。つんつるてん。

着物は赤地。井桁模様《いげたもよう》が白く染《そ》め抜《ぬ》かれている。

左手には、彼女《かのじょ》本人を小さくしたような人形。少女は、人形の右手を握《にぎ》っている。人形は、ぶらんと下がっている。

「だれだい？」

「うふふふ」

少女が笑う。

木箱の上から、ぴょんと飛び降《お》りた。足音は立たない。

馬琴の目の前に立つ。

「近所の子か？」

「うふふふ」

また少女が笑う。

「どこから入ってきた？」

少女は、ぱっちりとした目で、じーっと見返してくる。

「馬琴先生、やっと、あたしのことが見えるようになったのね」

「どういうことだ」

「あたし、この家には、ずっと住んでいたんだよ」

「この家に、ずっと?」

馬琴《ばきん》は、脳裏《のうり》に浮《う》かんだ言葉を口にした。

「もしや、座敷童《ざしきわらし》、か」

「あたり」

座敷童は、家に居着《いつ》く霊《れい》とも守り神ともいわれている。

座敷童の言い伝えがあるのは奥州《おうしゅう》(東北地方)にかぎったことだと思っていた。

「なにゆえ、わしには座敷童が見えるのだ」

「さあ」

馬琴は、もういちど目頭を押《お》さえた。

「この目のせいなのか、歳《とし》のせいなのか」

「かもね」

座敷童がにっこり笑う。

「せっかく見えるようになったんだから、あたしに名前をつけてくれる?」

「名前? 名前がないのか」

「うん」

「ざしき、わらし、ねえ」

馬琴《ばきん》がつぶやくのと、座敷童《ざしきわらし》が笑うのが同時だった。

「わらし？　うん、わかった。今日から、あたしの名は『わらし』」

馬琴の独《ひと》り言のうしろ半分だけが聞こえたらしい。

座敷童のわらしがぴょんぴょん跳《と》びはねる。

名前は、それでいいのか。

「わらしっ、わらしっ、わらしっ」

そのたびに右手に握《にぎ》った人形も、ぶらんぶらん揺《ゆ》れた。

一
馬《ば》琴《きん》の朝

ジジジジジジ。

朝早いというのに、もう蟬《せみ》が鳴きはじめている。

今日も暑い一日になりそうだ。

曲亭《きょくてい》馬琴は、季節にかかわらず、たいてい明け六ツ（午前六時ごろ）に起きることが多いが、今朝は寝坊《ねぼう》した。ゆうべ遅《おそ》くまで寝床《ねどこ》で読書をしていたからだ。

もう五ツ（午前八時ごろ）近い。蟬が鳴き出すのも道理だ。

二階には二部屋しかない。階段《かいだん》を上がったところの三畳《じょう》の小部屋と、小部屋の奥《おく》の六畳の書斎《しょさい》だ。馬琴は小部屋のほうで寝起きしている。

布団《ふとん》を折り畳《たた》むと一階に下りる。面倒《めんどう》くさいときは、布団は敷《し》きっぱなしだ。

顔を洗《あら》い、台所そばの三畳の仏間に入り、仏壇《ぶつだん》の前にすわる。先祖に手を合わせる。

そして、ふだん居間《いま》として使っている六畳間《じょうま》を突《つ》っ切って、庭に面した縁側《えんがわ》に出る。狭《せま》い庭に面した縁側に立った馬琴《ばきん》は、首をかしげるように、ひょいと頭を斜《なな》めに下げると、庇《ひさし》ごしに庭木のほうを見上げた。

庭木のほうを眺《なが》めた馬琴は、両手で顔を撫《な》でると、そのまま両手で耳をひっぱった。目をひん剝《む》いてから、握《にぎ》った拳《こぶし》の甲《こう》で前歯があったあたりを叩《たた》く。さらに寝間着《ねまき》の胸《むね》をさすると、腰《こし》に両手をあてて深呼吸した。

馬琴が毎朝していることだ。馬琴なりの健康法といっていいかもしれない。

半年ほど前、同じ戯作者《げさくしゃ》の式亭三馬《しきていさんば》が亡《な》くなった。まだ四十七歳《さい》だった。馬琴より九歳も若かった。

かと思えば、今年百歳を迎《むか》えた老人が奉行所《ぶぎょうしょ》から金をもらったと聞く。もっとも馬琴自身、褒美欲《ほうびほ》しさに百歳まで生きたいと思っているわけではないが。

馬琴は、狭い庭の真ん中に顔を向けた。

そこには、五歳くらいの、おかっぱ頭の女の子が立っている。

馬琴が「わらし」と呼《よ》ぶ座敷童《ざしきわらし》だ。見えるようになって一か月ほど経《た》っている。

馬琴は庭の木を見上げながら言った。

「蟬《せみ》の声、うるせえなあ」

庭の真ん中に立ったわらしが、小さい鼻に皺《しわ》を寄《よ》せ、首を横に振《ふ》り、やはり小さな口を大きく開ける。

「先生、あたしは、ちーっとも、うるさくないよ」

わらしは「ねえ」と言いながら、人形を両手で抱《かか》えあげた。人形と向き合う。

「どうしてだい？」

「だって蟬さん、短い命をいっしょうけんめいに生きてるんだ。うるさいなんて言っちゃかわいそうだよ」

「そうかい、そうかい」

馬琴が笑っていると、すぐうしろから長女お幸《さき》の声が聞こえてきた。

「おとっつぁん、いったい、だれと話しているんです？」

お幸には、わらしのことが見えていない。ふつう、座敷童の姿《すがた》は子供《こども》には見えるが、おとなには見えないとされている。

長女お幸は今年二十九歳。武家の屋敷《やしき》に八年間ほど奉公《ほうこう》に出ていたが、五年前にもどってきて、いまは、この飯田町中坂下《いいだまちなかざかした》の敷地《しきち》の、広さわずか十坪《つぼ》（約三十平方メートル）

足らずの二階建ての狭《せま》い家に、馬琴《ばきん》とふたりで暮《く》らしている。そろそろ婿取《むこと》りをしなければ、と思っているところだ。

馬琴の、長女以外の家族は、というと……。

息子の名は興継《おきつぐ》という。今年二十六歳《さい》。元来病弱のため、なにか手に職《しょく》をと思い、医学を学ばせた。馬琴の家では以前から庭で育てた薬草から薬を作って売ることを生業《なりわい》にしているからだ。

八年前の文化《ぶんか》十一年（一八一四）に興継は医師《いし》になることができ、宗伯《そうはく》と名乗るようになった。

四年前の文政《ぶんせい》元年（一八一八）、宗伯のため、江戸神田明神下《えどかんだみょうじんした》に家を買い与《あた》えた。

二年前の文政三年（一八二〇）には陸奥国梁川藩主松前章広《むつのくにやながわはんしゅまつまえあきひろ》に仕えはじめて藩医《はんい》となり、江戸藩邸《はんてい》に通っている。

大名には参勤交代《さんきんこうたい》の義務《ぎむ》がある。原則《げんそく》として、藩主と家臣《かしん》の一部は国許《くにもと》と江戸を一年交替《こうたい》で過《す》ごす。また正室（妻《つま》）や子供《こども》などは人質《ひとじち》として、ずっと江戸藩邸に住んでいる。

宗伯は、その江戸藩邸に通う医師というわけなのだ。

章広の父で隠居《いんきょ》の道広《みちひろ》が、馬琴の愛読者だったおかげによる。

その宗伯の家に、妻お百《ひゃく》と、未だ嫁《よめ》に行っていない二十三歳の三女お鍬《くわ》がいっしょに住んでいる。二十七歳の次女お祐《ゆう》は嫁《とつ》いでいて、家にいない。

部屋のなかから縁側《えんがわ》に出てきて、馬琴の隣《となり》に立ったお幸が、庭のほうを覗《のぞ》き込《こ》んで首をかしげる。

「だれもいないのに、話なんかして、おとっつぁん、だいじょうぶ？　ここんとこ、独《ひと》り言が増えてるわよ」

お幸は、馬琴の額《ひたい》に手をあててくる。

「うるさいわい」

馬琴は、お幸の手を邪険《じゃけん》に払《はら》いのけた。

「んもうっ、優《やさ》しくしてあげたら、これなんだから」

「その恩着せがましいところ、母親に似てきたな」

「母子《おやこ》ですからね。そんなことより、さっさと朝ごはん、すませてよ。片付《かたづ》かないから」

「そんなことよりというのはなんだ」

「やだ、そんなことで突《つ》っかかってこないでよ。ひょっとして、これまで来てくれていたお手伝いさんたちにも、わたしに対するのと同じような口の利《き》き方をしていたんじゃ

ないでしょうね」

お幸《さき》が睨《にら》みつけてくる。

これまで滝沢《たきざわ》家では、家事をしてくれる手伝いの女性をなんども入れたが、なぜか長続きしない。

「悪いか」

「悪いに決まってるじゃないの。だからお手伝いさんたち、長続きしないのよ。――とにかく、おとっつぁんが食べているあいだに、書斎《しょさい》の掃除《そうじ》をしてしまいますから」

「わかった、わかった」

「この家には、女はわたししかいないんですから。少しは言うことを聞いてください」

「わかった、わかった」

「んもう、空返事《からへんじ》して」

馬琴《ばきん》が小さくため息をつくと、庭に立ったわらしが愉快《ゆかい》そうに笑い、自分そっくりの人形の右手を取って、左右に振《ふ》ってみせた。

お幸には、わらしが見えないのだ。

馬琴は腰《こし》を曲げた。

「うっ。おっと」

いちど動きを止めてから、ゆっくりとすわる。

馬琴は、胃腸《いちょう》にやさしい碾《ひ》き割《わ》りの麦飯、味噌汁《みそしる》、煮干《にぼ》し、胡瓜《きゅうり》の漬物《つけもの》だけの質素《しっそ》な朝餉《あさげ》を摂《と》りはじめた。

質素な食事だが、けっして粗末《そまつ》というわけではない。それぞれの食材はしっかり吟味《ぎんみ》している。

ひとり用の小さな膳《ぜん》の脇《わき》には、麦飯の入ったお櫃《ひつ》が置かれている。

家族が囲《かこ》み、そろって食事を摂《と》るような座卓《ざたく》ではない。

馬琴がいつものように飯をおかわりして、朝から三杯《ばい》も食べていると、わらしが庭からあがってきて、縁側《えんがわ》にちょこんとすわった。

「先生、そんなに食べて、だいじょうぶ？　ほんとうは、胃腸が弱いんでしょ？」

「だから白米ではなく、石臼《いしうす》で碾き割った麦を交ぜておる」

「たくさん食べたら意味ないと思うけど」

馬琴は箸《はし》を止めた。

「それもそうだ。わははは」

「おまけに先生、ほとんど歯がないんだから」

「まあな」

「前歯がないから、ご飯粒《つぶ》が飛んでくる。やだぁ」

「わらし、おまえも食うか」

「あたしは座敷童《ざしきわらし》だから食べない」

「そうだったな」

座敷童は霊《れい》のようなものだから食事はしない。食べることも飲むこともしない。

「かわいそうだな」

「食べないと生きていけない人間のほうが、かわいそうに見えるけど」

「ふん。そんなものか。わははは」

二階の書斎《しょさい》から、お幸《さき》の声が聞こえてくる。

――「おとっつぁん、なにがそんなにおかしいんですか?」

「おっとっと」

馬琴が肩《かた》をすぼめると、わらしも笑った。

「早く仕事しないと、お幸さんに怒《おこ》られるよ」

「わしは習慣《しゅうかん》を変えるつもりはない」

煮干《にぼ》しをかじり、味噌汁《みそしる》を飲みおえた馬琴《ばきん》は、最後の麦飯のおかずにするため胡瓜《きゅうり》の漬物《つけもの》を口に放り込《こ》んだ。

胡瓜の漬物を奥歯《おくば》で噛《か》んでいた馬琴は口の動きを止めた。

「どうしたの?」

わらしが訊《き》いてくる。

「漬《つ》かりすぎだ」

馬琴が大声を出そうとすると、わらしに言われた。

「お幸《さき》さんに文句《もんく》言っちゃダメ」

「なぜだ。文句を言わないと、上手くならんだろ」

「文句を言うんじゃなくて、お願いするのよ」

「お願い?」

「よく漬かったのも好きだけど、もう少し漬かりが浅いのも好きだ、って」

「面倒《めんどう》くさい」

「だからお手伝いさんに逃《に》げられるのよ。いちばん早く辞《や》めた人は半日ももたなかったじゃないの」

「見てたのか」

「うん」

「まったく」

馬琴が吐《は》き捨《す》てるように言ったとたん、ご飯粒《つぶ》と、胡瓜のかすが飛び散った。

「ああん、汚《きたな》いなあ」

食事を摂《と》りおえた馬琴は、縁側《えんがわ》に出ると、ゆっくりと煎茶《せんちゃ》を飲みはじめた。

戦国時代から江戸《えど》時代にかけて大名のあいだで流行った茶の湯は、抹茶《まっちゃ》から煎茶になり、庶民《しょみん》のあいだにも広がっていた。

ずずずずず。

音を立てて茶を啜《すす》る。

「先生、下品っ。昔の人は、もっと上品だったよ」

「さすが、わらしだな」

「えへん」

ずずずずず。

また音を立てて飲む。

「んもう、こぼれてるっ」

「わははは」

前歯のない口から茶がこぼれる。

「だから、こぼれてるっ」

「わらしは、世話女房《にょうぼう》みたいだな」

「先生、奥《おく》さんがいるじゃないの」

「ありゃ、鬼嫁《おによめ》だ」

「鬼なの？　鬼のお嫁さんなの？」

わらしが首をかしげながら、前に乗り出してくる。

「そうではない。癇癪持《かんしゃくも》ちだし、疑《うたが》い深くて人を信用しない」

「怖《こわ》そう。だから別居《べっきょ》してるんだ、へえ」

「子供《こども》のくせに」

わらしは、おとなの事情《じじょう》に首を突《つ》っ込《こ》むのが好きだ。もっとも子供《こども》とはいえ長年「生きている」から、人間の世の中の出来事にはくわしいときている。

茶を飲みおえると、掃除《そうじ》を終えたお幸《さき》が二階から下りてくるところだった。すれちがうとき、馬琴《ばきん》は咳払《せきばら》いをした。

「なに、おとっつぁん」

「胡瓜《きゅうり》の漬物《つけもの》だがよく漬《つ》かってあるのも好きだがわしは漬かりが浅いのも好きだ」

吐《は》き出すように一気に言った。途中《とちゅう》で少しでもつかえたら、厭《いや》になってしまうことは自分でもわかっていた。

お幸がきょとんとした顔で、馬琴を見てくる。

「あら、雪でも降《ふ》らなきゃいいけど」

「は?」

お幸が笑う。

「はいはい、こんどは浅漬けにしますね。今日のはちょっと漬かりすぎたって、自分でも思ってたのよ。その調子、その調子」

「ふん、なにが、その調子だ。ったく」

ため息をついた馬琴は足音を大きく立てて狭《せま》い階段《かいだん》を上がった。いつも布団《ふとん》を敷《し》いている小部屋を抜《ぬ》けて、木箱が積んである書斎《しょさい》に入った。

二　見知らぬ客

書斎《しょさい》は、うっすらと明るいだけだ。

朝のうちは窓《まど》から日が差してこない。

狭《せま》い文机《ふづくえ》の前の座布団《ざぶとん》にゆっくりとすわった曲亭馬琴《きょくていばきん》は、硯《すずり》に水を差し、墨《すみ》を擦《す》りはじめた。

「日記？」

「ひっ」

うしろからいきなり声をかけられ、馬琴はぎくりとした。

「わらしか。驚《おどろ》かすな」

わらしは足音を立てない。

紙を広げて昨日の出来事を書きはじめると、また声がした。

「へえ、あいかわらず、きれいな字だね。このまま版下《はんした》にできそう」
「ふふふ」
馬琴《ばきん》は自慢《じまん》げに鼻の穴《あな》をふくらませた。
いちど筆を取ったら、馬琴は草案《そうあん》も作らず、ぶっつけ本番で書く。そのまま版木《はんぎ》に彫《ほ》れるくらい、きれいな字だ。
いまは、八年前から出版《しゅっぱん》が続いている『南総里見八犬伝《なんそうさとみはっけんでん》』を書いている。
だが五十を過《す》ぎてからは少しずつ書く量が減《へ》ってきている。
『南総里見八犬伝』はこれまでに計二十冊《さつ》が出版されている。
くわしく書くと、こうだ。
肇輯《ちょうしゅう》　計五冊　八年前の文化《ぶんか》十一年（一八一四）
第二輯《しゅう》　計五冊　六年前の文化十三年（一八一六）
第三輯　計五冊　三年前の文政《ぶんせい》二年（一八一九）
第四輯　計五冊　二年前の文政三年（一八二〇）
まだ物語ははじまったばかり。いつ完結するか、自分でもわからない。
生きているうちには完結したい、くらいにしか思っていない。

馬琴《ばきん》は、物語を紡《つむ》ぐだけでなく、漢字にふりがなを振《ふ》り、表紙、目次、口絵、挿絵《さしえ》にまでこだわり、画家に口出しをするので、手間がかかってしまう。

わらしが声をかけてくる。

「先生、仕事をはじめる？」

「うむ」

「なら邪魔《じゃま》しないね」

馬琴は下書きをしないので、机《つくえ》の前にすわったからといって、いきなり筆を取ることはない。

だが、ここ数日は、積み上げた本をよけて寝転《ねころ》び、海の向こう清国《しんこく》（中国）の物語を読んだり、遠いところに住む知り合いに長い手紙を書いたり、生業《なりわい》のために庭で育てている薬草を摘《つ》むのにも飽《あ》きた。

そろそろちゃんと書きはじめなければならないころだということは、自分でもわかっている。

『南総里見八犬伝《なんそうさとみはっけんでん》』で描《えが》かれる時代は室町時代後期。安房国《あわのくに》（いまの千葉県南部）の里見家の姫《ひめ》、伏姫《ふせひめ》と神犬八房《やつふさ》の因縁《いんねん》によって結ばれた八人の若者《わかもの》（八犬士）を主人公とす

る物語だ。それぞれ「犬」の字を含む苗字《みょうじ》の八犬士は八徳《はっとく》の「仁義礼智忠信孝悌《じんぎれいちちゅうしんこうてい》」のいずれかの文字が書かれた数珠玉《じゅずだま》を持ち、身体には牡丹《ぼたん》のかたちの痣《あざ》がある。彼《かれ》らは因縁《いんねん》に導《みちび》かれるまま、里見家のもとに結集する。

筆を握《にぎ》っていなくても、馬琴《ばきん》の頭のなかには、つねに「仁義礼智忠信孝悌」と書かれた八つの玉が浮《う》き、伏姫《ふせひめ》、八犬士をはじめとする登場人物が見えている。ときに「早くしてくれ」と言わんばかりに、忙《せわ》しなく動いたり、話しかけてきたりするのだ。

そう、登場人物の視線《しせん》を感じるのだ。

視線!?

馬琴は、登場人物たちとはちがう視線を背後《はいご》に感じていた。

「わらしだな」

——「はーい」

「いつまでそこにいるつもりなのだ」

——「いけない?」

「集中できん」

——「集中してるところ、最近見ないけど」

図星《ずぼし》だ。

「ふん。おまえが知らないだけだ。集中して書いているときは、あまりに熱中するあまり、鼻血を出し、濡《ぬ》らした手拭《てぬぐ》いで頭を冷やすくらいなのだぞ」

――「それなら見たことある」

「わしは鼻血を出すたびに思っておるのだ。ああ、これで死ぬかもしれん、とな」

――「へえ」

「信じておらぬな？」

馬琴は腰《こし》を気遣《きづか》いながら、ゆっくり振《ふ》り返った。

「ひっ」

馬琴は小さく悲鳴をあげた。

ぺろりと舌《した》を出して笑っているわらしの顔がすぐ目の前にあったのだ。

「わらし、わしを驚《おどろ》かすな」

「先生が驚きすぎなんだよ」

「おのれ」

いっそ、『南総里見八犬伝《なんそうさとみはっけんでん》』に、わらしとそっくりな座敷童《ざしきわらし》を出してやろうかと思いはじめていたところで、一階から娘《むすめ》お幸《さき》の声がした。

――「おとっつぁん！　お客さんよ！」

いま時分に顔を出すのは、版下《はんした》用に清書する筆耕《ひっこう》の職人《しょくにん》くらいだ。だがここ数日は原稿《げんこう》を書いていないのだから、筆耕も様子をうかがっていて、来ない可能性《かのうせい》が高い。

「客か」

「先生、お客さん、嫌《きら》いなの？」

「大っ嫌いだ」

「引きこもりなんだぁ」

「うるさいわい」

馬琴《ばきん》は、手にした筆をわらしに投げつけかけて、やめた。

投げる、墨《すみ》が飛ぶ、本や畳《たたみ》が汚《よご》れる……。

ぶるぶるぶる。

馬琴は首を横に振《ふ》った。

きれい好きな馬琴には耐《た》えられなかった。

「先生、ものが汚れることを気にして、あたしが墨まみれになることは思いもしなかつたでしょ」

「うつ。――わかるのか」

「あたしは、この家にずっと住んでるんだから。先生のことは、よーく知ってるの。先生の心のなかもね」

――「おとっつぁん！」

お幸の急《せ》かす声。

「先生、早く下りたほうがいいよ」

「厭《いや》だ」

「その気性《きしょう》、どうにかしたほうがいいよ」

「うるさいな。お幸も、お幸だ」

「お幸さんは悪くないよ。悪いのは先生だよ」

馬琴が原稿にほんとうに集中しているとわかっているときは、家人は足音を立てるのも気をつけている。

だがお幸は、ここ数日、馬琴が原稿に集中していないことをよく知っている。

わらしも急かしてくる。

「ほら、先生。一階に下りないと」

面倒《めんどう》くさいな。

「面倒くさがってないの。あたし、もう出てきてあげないよ」

「えっ」

それはさみしい。

「さみしいから、あたしと遊びたいんでしょ？　だったらさ」

「わかった、わかった。座敷童《ざしきわらし》が、一家の主《あるじ》を脅《おど》すのか」

「えへへへ。先生、いい子」

「うるさい。――よっこらせ」

ゆっくり立ち上がった馬琴《ばきん》は、布団《ふとん》が畳《たた》んである小部屋を抜《ぬ》け、狭《せま》い階段《かいだん》を下りながら声を出した。

「客ってのは、だれなんだ」

返事がない。

馬琴が一階に下りると、細い廊下《ろうか》伝いに、お幸《さき》がもどってきたところだった。

お幸は意味ありげな顔つきで薄笑《うすわら》いを浮《う》かべている。

「お客さんは、女の人よ」

いきなりうしろから尻《しり》を突《つ》っつかれたような気がした。

振《ふ》り向くと、左手に人形を下げたわらしが、右手で突っついている。じっさいにわらしの指の感触《かんしょく》はないが気配を強く感じるのだ。

「おとっつぁん!?　なに振り向いてるの？　うしろがどうかした？」

「あ、いや、な、なんでもない。で、玄関《げんかん》に入《い》れたのか」

「入れませんよ。門の外で待ってもらってます。おとっつぁんが嫌《いや》がることくらい、わたしだってわかってますから」

馬琴は、ただ客が嫌《きら》いなだけではない。自分が暮《く》らしているところへ、赤の他人に上がられるのが厭《いや》なのだ。汚《けが》されたように思えるのだ。

だから、たとえ顔見知りの筆耕《ひっこう》が訪《たず》ねてきたところで、受け渡《わた》しをするのは門前。よくて玄関先。けっして家のなかに入れることはない。

お幸が玄関のほうを振り返りながら言う。

「あの女の人は、きっと、おとっつぁんの『南総里見八犬伝《なんそうさとみはっけんでん》』を読んでくれている人ですわね」

真うしろにいるわらしが、また馬琴《ばきん》の尻《しり》を突《つ》っつきながら言う。

「へえ、『南総里見八犬伝《なんそうさとみはっけんでん》』、人気あるんだね」

自分で言うのもなんだが、『南総里見八犬伝』は、ほかの戯作者《げさくしゃ》が書くものと比《くら》べ、女性《じょせい》からの人気が高い。

八年前、世に出てすぐ、芝居《しばい》、浄瑠璃《じょうるり》になり、講釈《こうしゃく》に読まれ、錦絵《にしきえ》に描《か》かれた。それだけではない。挿絵《さしえ》の図《ず》柄《がら》が着物の帯や櫛《くし》に描かれたりしているのだ。

おまけに、八犬士ゆえ犬そのものも流行《はや》り、芸者《げいしゃ》のあいだでは犬の張り子の飾《かざ》り物を身につけるのが流行っていると聞いたことがある。

張り子というのは、物の形を木型で作り、それに和紙を重ねて張り、糊《のり》が乾《かわ》いてから木型を抜《ぬ》き去ったものだ。

熱烈《ねつれつ》な読者のなかには、物語に熱中するだけでなく、作者の馬琴《ばきん》本人に興味《きょうみ》を抱《いだ》く者も少なくない。これまでも

贈《おく》り物を持参してくる者もいたし、馬琴を宴席《えんせき》に呼《よ》んで接待《せったい》しようとする者もいた。なかには滝沢《たきざわ》家が薬を作っていることを聞きおよんで「売ってくれ」と言ってくる者もいる。

馬琴は、お幸《さき》に言った。

「来客がどんな者かわかっているなら、適当《てきとう》にあしらって帰してくれればいいものを」

「そう思ったのだけど、『馬琴先生に会うまで動かない』って言うんだもの。お厭《いや》なら、おとっつぁんが自分で追い返してくださいな」

「しかしだな」

「それに、自分が書いたものの評判《ひょうばん》を、気にしないふりをして、じつは、とっても気にしていること、知ってるのよ」

「うぬ」

またも図星《ずぼし》だった。

馬琴が歯噛《はが》みしていると、お幸が睨《にら》みつけてきながら言った。

「きれいな女性《ひと》よ」

わらしがうれしそうに笑う。

「女の人だって。ふふふ。先生も隅《すみ》に置けないねえ」

お幸《さき》が台所のほうへ下りていくのを見送ってから、馬琴《ばきん》はわらしに言った。

「おとなをからかうな。隅に置けない、って意味わかっているのか」

「この家に棲《す》み着いて長いので」

「つたく。さっさと追い返してくれる」

わらしが立ち止まり、小さな鼻をひくひくさせたが、すぐにやんだ。

「あれ？」

わらしが首をかしげる。

「どうした、わらし」

「なにかヘンな臭《にお》いが、かすかにしたような気がしたの」

座敷童《ざしきわらし》だから嗅覚《きゅうかく》がないと思っていた。

「先生、座敷童でも臭《にお》いはわかるのよ」

「へえ」

「でも気のせいかな。行こ？」

馬琴は廊下《ろうか》をずかずかと歩いて行って玄関《げんかん》の手前で立ち止まった。玄関越《ご》しに表門のほうに向かって声をかけた。

「忙《いそが》しいので、帰ってくれ！」

返事がない。

馬琴は三和土《たたき》に下りて玄関戸を開けると、三つしかない敷《し》き石《いし》を踏《ふ》んでいった。開けっぱなしの門をくぐり、表に出た。

だが、やはり、だれもいなかった。

「なんなのだ」

娘《むすめ》お幸が「きれい」だという、ひとりの女性《じょせい》の訪問《ほうもん》が、すべての怪異《かいい》のはじまりだとは、このときの馬琴もわらしも想像《そうぞう》していなかった。

三

馬《ば》琴《きん》の読者

門の前に立った曲亭馬琴《きょくていばきん》が家のなかに引き返そうとしたときだった。

わらしが小さく声をあげた。

「あれ、なに?」

わらしが指差すほうに目をやった。

玄関脇《げんかんわき》の丸い柱に、なにかが立てかけてあった。

上下の端《はし》をうしろに折り曲げて封《ふう》がしてあり、表に達筆で「曲亭馬琴先生」と書かれている。

「先生、それ、文《ふみ》?」

文《ふみ》とは手紙のことだ。

「の、ようだな」

馬琴は腰《こし》をかがめた。いちど動きを止め、腰を右手で支える。ゆっくり腰を曲げる。文《ふみ》を手に取った。

わらしが訊《き》いてくる。

「ねえ、だれから？」

馬琴はひっくり返して封の裏《うら》を見た。

そこには「真琴《まこと》」という二文字が書かれていた。馬琴と「琴」の字が被《かぶ》っている。

「見せて、見せて」

左隣《どなり》に立ったわらしが、なんども背伸《せの》びをしてくる。

馬琴は、わらしに見せてやった。

「中身は？　なんて書いてあるの？」

「書斎《しょさい》で読もう」

「そうだね、それがいいよね？」

両手で抱《だ》っこした、わらしそっくりな人形に向き合って、話しかけるだけではない。抱っこした指で、人形の首を動かし、うなずかせている。

「ほら、この子もうなずいている」

「ふん、そうか」

「えへへへ」

馬琴《ばきん》が手にした文《ふみ》を見つめたまま、わらしが小さな鼻をひくひくさせる。

「なにかヘンな臭《にお》いがするのか？　さっきもそう言ってたな」

「先生が臭わないいなら、あたしの気のせいかも」

玄関の三和土《たたき》から上がる。廊下《ろうか》を歩き、二階に上がろうとすると、台所から顔を出した娘《むすめ》お幸《さき》が声をかけてきた。

「もう追い返したの？」

「だれもいなかったぞ」

「あら、おかしいわね」

お幸が首をかしげる。

「そのかわり、こんなものが置いてあった」

「文《ふみ》？　会いたかったけど、いざとなったら恥《は》ずかしくなったのかしらね」

「かもしれん」

馬琴は返事をして、すぐ階段《かいだん》を上がった。

曲亭馬琴先生

小部屋を抜《ぬ》ける。

木箱を避《よ》け、積んだ和書を掻《か》き分け、文机《ふづくえ》の前に腰《こし》を下ろす。

封《ふう》をはずしはじめたとき、肩口《かたぐち》あたりから……。

「ドキドキするね」

わらしの声がした。

二階についてきていることくらいわかっていても、気配はもちろん、足音もなく近づくので、いきなり声をかけられると驚《おどろ》く。

「わらし、心《しん》の臓《ぞう》に悪いではないか」

「で、その文《ふみ》には、なんて？」

「おお、そうであった、そうであった。だが、きっと『南総里見八犬伝《なんそうさとみはっけんでん》』の感想であろう」

馬琴《ばきん》は文《ふみ》を広げた。

ぷぅんと香った。香《こう》の匂《にお》い。白檀《びゃくだん》か。

「わらし、さっき、おまえが匂っていたのは、この匂いか」

「ん～。こんな、いい匂いだったかな」

わらしが首をかしげる。

馬琴は文《ふみ》を読みはじめた。

文《ふみ》は、じつに流麗《りゅうれい》な文字で綴《つづ》られていた。

内容は、一見したところ『南総里見八犬伝』の物語にたいする感想だった。作者がこそばゆくなるくらいの美辞麗句《びじれいく》が並《なら》んでいる。

だが途中《とちゅう》から変わってきた。

「あれ？　先生のこと、褒《ほ》めだしたね」

わらしが言ってくる。

そうなのだ。『南総里見八犬伝』を書いている「曲亭馬琴《きょくていばきん》」という戯作者《げさくしゃ》のことが好きだと綴りはじめた。

「わしのことなど、どうでもよいのに」

「でも褒められて、悪い気はしないでしょ？」

「それはそうだが」

「なら、いいじゃない」

だが馬琴は『南総里見八犬伝』を褒められても、自分のことを褒められても、なにか、どこか、違和感《いわかん》を覚えていた。

馬琴《ばきん》は、読み終えた文《ふみ》を畳《たた》んだ。文机《ふづくえ》の左奥《おく》に置いてある文箱《ふばこ》の蓋《ふた》を開けて収《おさ》め、ようやく仕事をはじめた。

『南総里見八犬伝《なんそうさとみはっけんでん》』の続きを書きながらも、馬琴は「真琴《まこと》」という、お幸《さき》によれば「美しい」という女性《じょせい》読者の文《ふみ》の匂《にお》いと熱情が蘇《よみがえ》り、しばしば筆が止まった。


翌日の午前にも、真琴という女性読者が訪《たず》ねてきた。

やはり馬琴と顔を合わさず、文《ふみ》だけを置いて行った。

台所から顔を出したお幸が首をかしげた。

「よっぽど恥《は》ずかしいのかしらね」

馬琴はそのまま二階に上がった。

二通目の文《ふみ》も長々としたものだった。

内容は、こうだ。

「『南総里見八犬伝』第五輯《しゅう》が出ないことを悲しんでいる。だから早く出してほしい。とても楽しみにしている」と。

読み終えた文《ふみ》から目を離《はな》しながら、馬琴は昨日感じた違和感を思い出していた。

「うぬ。わしをせっつきおって」

「第四輯っていうのは、いつ出したんだっけ？」

すぐうしろにいるわらしが耳元で言う。

「二年前だ」

「二年も待ってるんだ。辛抱《しんぼう》強いね。熱心なのね」

「なにが言いたい」

「早く書いてあげれば？」

「うるさいわい」

「がんばれー」

わらしが、気の抜《ぬ》けたような声で励《はげ》ましてくる。

「がんばっとるわい。がんばっとる者に『がんばれ』と言うな」

「え～」

「なんだ」

「先生ががんばってる姿《すがた》、とんと見てないけど」

「口の減《へ》らん娘《むすめ》だ」

「口はひとつだよ」

「だから、それを『口の減らん』と。くそ、まあ、いい」

「へえ。先生らしくない。ほかの人が相手なら、とことんやりこめるのに」

女性《じょせい》読者の真琴《まこと》は、また次の日の午前には三通目の文《ふみ》を届《とど》けてきた。

同じように書斎《しょさい》で文《ふみ》の封《ふう》をはがしながら、馬琴《ばきん》はいささか躊躇《ちゅうちょ》していた。

「どうしたの？　読まないの？」

わらしが訊《き》いてくる。

一通目は「『南総里見八犬伝《なんそうさとみはっけんでん》』と作者曲亭《きょくてい》馬琴への愛」、二通目は「新しい『南総里見八犬伝』の催促《さいそく》」だった。

馬琴が動きを止めていると、わらしが言った。

「わたしが開けようか」

「い、いや。わしが開ける」

馬琴はいつもより速く乱暴《らんぼう》に文《ふみ》を広げた。

これまでの二通よりは短い内容だったが、一読するなり、文机《ふづくえ》の上に放り出した。

背中《せなか》がざわっとした。いや、それどころではない。総毛立《そうけだ》つのを覚えた。

座敷童《ざしきわらし》のわらしを見ても総毛立つことはなかったのに。

「どうしたの？」

真うしろに立っていたわらしが出てきて、すぐ脇《わき》に立つ。

「な、なんなのだ、この女は」

「読んでくれている人でしょ？　『この女』って、ひどくない？」

この真琴《まこと》という女性読者は「自分は『南総里見八犬伝』を愛している。世の中でいちばん熱心な読者なのだ。第五輯《しゅう》をまだ出せないのなら、いま書いているものを読めるようにしてほしい。いや、自分にだけ読ませろ」と言ってきたのだ。

馬琴は、ふと思い出し、一昨日《おととい》の一通目の文《ふみ》を文箱《ふばこ》から出して読み返した。

そうか……。

一昨日感じた違和感《いわかん》がなにか気づいた。

この真琴という女性読者は、『南総里見八犬伝』や戯作者《げさくしゃ》曲亭馬琴をただ褒《ほ》めているのではない。『南総里見八犬伝』と馬琴を褒めている自分のことが愛《いと》おしいのだ。

違和感《いわかん》は、これだったのだ。

馬琴《ばきん》が放り投げた文《ふみ》を読んだわらしが、脅《おび》えたような声を出す。

「ふぇ〜。なに、この人」

「どう思う」

「ヘン」

「そうだな。ふつうじゃないかもな」

「先生。ふつう、ってなに？」

「ふつうとは……」

改めてわらしに訊《き》かれ、気づいた。

「ふつう」とは平均値《へいきんち》ではない。「ふつう」を決めるのは世の中でもない。ひとりひとりのなかにあるものなのだ。

「そうだな。わらしが自分がふつうだと思えばふつうなのだな」

「そう。つまり、この真琴《まこと》って人は、先生のふつうからすればふつうじゃないの。でも真琴って人にとってはふつうのことなの」

「だがこの真琴という女のふつうは、わしには受け容《い》れられるものではない。書きかけ

の物語を、ましてや、ひとりの者のためだけに読ませるなど受け容《い》れられるものではない」

「だから、どうするの？」

わらしが訊《き》いてくる。

「無視《むし》する。決まっておろう」

「今日で、三日連続だよね」

「そうだ」

「だいじょうぶ？　厭《いや》な予感がするんだけど」

「だからといって取って食われるわけでもなかろう。放っておけば、あきらめるのではないか？」

「だといいけど」

わらしの厭な予感はあたった。

四日目に届《とど》けられたのは、四通目の文《ふみ》と呼《よ》べるものではなかった。風呂敷《ふろしき》包みだったのだ。

玄関先《げんかんさき》に置かれた風呂敷包みを見た瞬間《しゅんかん》、馬琴《ばきん》は動きを止めた。

厭な予感しかしなかった。

「なんだ、これは。わしは触《さわ》らんぞ」

馬琴が一歩退《さ》がると、わらしにたしなめられた。

「ダメだよ」

「くそっ。——よっこらせ」

馬琴はゆっくりと腰《こし》を曲げて手を伸《の》ばした。

風呂敷包みを持ち上げた。ずしりと重い。

家のなかにもどり、いつものように二階に持って上がろうとしたら、お幸《さき》が声をかけてきた。

「あら、来客嫌《ぎら》いのおとっつぁんらしくないわね。文《ふみ》ならともかく、そんなものを家に持ち込《こ》むなんて。どんな風の吹《ふ》き回し？　ちょっと見せて」

断《ことわ》る理由もなかった。

馬琴が風呂敷包みの底を支えていると、お幸が結びを解《と》いて広げた。

入っていたのは紙の束で、封《ふう》がされていない文《ふみ》が折り畳《たた》まれてあった。

「読むわよ」

「かまわん」

お幸《さき》が文《ふみ》を広げて読みはじめた。お幸の眉間《みけん》に皺《しわ》が寄《よ》っていく。

「おとっつぁんが続きを書かないから、自分が『南総里見八犬伝《なんそうさとみはっけんでん》』の続きを書いたそうよ」

「なんだと？」

一枚《まい》目には「南総里見八犬伝　第五輯《しゅう》　曲亭馬琴《きょくていばきん》」と書かれている。

眉間に皺を寄せたまま、お幸が一枚目の紙をめくる。

二枚目には、物語らしきものが書かれていた。

「えっ、なに、これ」

お幸が二枚目、三枚目をめくる。

風呂敷《ふろしき》包みを支えたまま、馬琴も目を落としていた。

一枚目、二枚目は、まだ物語らしき文章になっていたが、だんだん怪《あや》しくなり、途《と》中《ちゅう》からは「伏姫《ふせひめ》伏姫伏姫伏姫」と繰《く》り返したり、「仁義礼智《じんぎれいち》忠信孝悌《ちゅうしんこうてい》」を繰り返したりと、ただ文字を埋《う》めるだけになっている。

伏姫
孝
悌

「おとっつぁん、怖《こわ》い」

「頭がおかしいな」

「怖いわよ」

言うなり、お幸《さき》があわてて、どこかに出て行こうとする。

「どこに行くのだ」

「番屋《ばんや》！」

番屋とは、正式には自身番、自身番屋などという。

江戸《えど》の町々の角地にあり、捕《つか》まえた下手人《げしゅにん》、つまり罪《つみ》を犯《おか》した人を一時的に留《とど》め置いたり、火消しの簡単《かんたん》な道具が置いてあったりする。のちの交番や消防団《しょうぼうだん》のような役目を果たしていた。日頃《ひごろ》は、家主《やぬし》が留守番をし、町奉行《まちぶぎょう》の役人の同心《どうしん》や、その同心に仕える岡《おか》っ引《ぴき》などが立ち寄《よ》る場所でもあった。

「番屋に行って、どうするつもりだ」

「これを書いてきた、あの女を捕《つか》まえてもらうに決まってるじゃないの。きれいな人だからって甘《あま》く見すぎたわ」

「待て。こんなことくらいで役人が動くと思うか」

「ならば番屋ではなく、お役所に」

役所というのは、江戸町奉行所《えどまちぶぎょうしょ》のことだ。

「なおさら相手にしてくれんだろう」

「でも、おとっつぁん！」

お幸の声が高くなる。

「おまえとて、役人がほんとうに助けてくれるとは思っていまい」

「そうだけど」

「いまは様子を見るのだ」

お幸が口を尖《とが》らせたまま、台所に退《さ》がっていく。

風呂敷《ふろしき》包みをいったん廊下《ろうか》に置いた馬琴《ばきん》は、風呂敷を包み直して、階段《かいだん》を上がった。

小部屋を抜《ぬ》けて、書斎《しょさい》に入った。

文机《ふづくえ》の前にすわったところで、わらしが声をかけてくる。

「先生？」

「なんだ」

「なにごともなく、このまま嵐《あらし》が過《す》ぎるのを待とうとしているでしょ」

「…………」

「先生、争いごと、嫌《きら》いだもんね」

「…………」

無視《むし》していたら、わらしがはっきり言った。

「先生、見かけによらず臆病《おくびょう》だもんね」

図星《ずぼし》だった。

「な、なに、無視していれば、すぐにあきらめる」

わらしが小さな鼻に皺《しわ》を寄《よ》せる。

「先生、ほんとうにあきらめると思ってる?」

「嫌《いや》みなやつだな。わしがお幸《さき》にしたような言い回しをしおって」


翌日《よくじつ》、そのまた翌日……と数日のあいだ、真琴《まこと》と名乗る女性《じょせい》読者が馬琴《ばきん》の家を訪《たず》ねてくることはなかった。

馬琴も、娘《むすめ》お幸も、ほっと胸《むね》を撫《な》で下ろしていた。

四

置き土産《みやげ》

——「きゃあああ！」

女の子の悲鳴が響《ひび》きわたった。

曲亭馬琴《きょくていばきん》は目を開けた。暗い。夜か？　あたりを見回すと、柱と襖《ふすま》の隙間《すきま》から、かすかに明かりが漏《も》れている。朝らしい。

馬琴は、寝床《ねどこ》でがばっと半身を起こした。

「わらし!?」

女の子＝わらし、と思ったからだ。

馬琴は、部屋のなかを見回した。

わらしがいない。

と思っていたら——。

「先生」

真うしろから、わらしの声が聞こえた。

馬琴《ばきん》の枕元《まくらもと》に立っていたらしい。

「おまえ、泣いていたか」

「ううん」

わらしが首を横に振《ふ》る。

「ならば、あの声は……」

家の外から聞こえたものだったのか。

階下から足音が響《ひび》く。

娘《むすめ》お幸《さき》が家の外の様子を見に行ったにちがいない。

馬琴は耳をすませた。

「先生、お幸さんが見に行ってるなら、まかせようと思ってるでしょ」

「…………」

「お幸さんがもどってきてから話を聞けばいいと思ってるでしょ」

「…………」

「そんなことでいいの？　どこの女の子が、どうして悲鳴をあげたか、気にならないの？　――ほら」

わらしが、人形を抱《だ》いていないほうの右手を耳のうしろに持っていき、わざとらしく聞き耳を立てるしぐさをする。そして馬琴の顔を、じっと見上げながら言う。

「ほんとうにいいの？　出てみなくて」

「うぬ。わ、わかった。出ればよいのであろう」

「素直《すなお》じゃないんだから」

わらしが、馬琴の手を握《にぎ》って引っぱる。

だがじっさい、手を握られているように見えるが、触《ふ》れている感じはない。

階段《かいだん》を下りる。

廊下《ろうか》を伝って玄関《げんかん》に出て、下駄《げた》を履《は》いた。

目の前には、寝間着《ねまき》に一枚《まい》羽織った、お幸の背中《せなか》があった。

お幸は玄関戸を開けている。

「なんだ、お幸」

お幸が身体をずらすと、門前が見えた。

門前には人だかりができている。

まず、お幸《さき》が、つづいて馬琴《ばきん》が敷《し》き石伝《いしづた》いに歩き、門をくぐって表に出た。

朱色《しゅいろ》の無地の着物姿《すがた》の、七歳《さい》くらいの少女が立ちつくしていた。

朱色は赤より薄《うす》い。鳥居《とりい》の色に使われる色だ。

めったに見かけることがないくらい、美しい少女だった。こんな子が、近くに住んでいたのか。

ふだん馬琴は、ほとんど家から出ないので知らなかった。

少しうしろに、やはり同じくらいの歳《とし》の男の子がふたり。

さらにその三人を、大勢《おおぜい》のおとなたちが囲んでいる。雰囲気《ふんいき》からして三人の子の親たちと、その他野次馬《やじうま》か。

男の子ふたりは少女のほうを心配そうに見ている。頬《ほお》に涙《なみだ》の痕《あと》がある少女は、足下《あしもと》にあるものを見ないように顔をそらしている。

向かって右の、ひょろりと細い男の子が声をかける。細面《ほそおもて》、吊《つ》り目、細い鼻、唇《くちびる》も細い男の子だ。紺《こん》地の着物。白抜《ぬ》きの模様《もよう》は蜻蛉《とんぼ》。

「お紺ちゃん、だいじょうぶ？」

「ありがとう、原市《はらいち》くん」

向かって左の太った男の子が声をかける。丸顔、丸い目、団子《だんご》っ鼻《ぱな》、丸い唇《くちびる》の男の子だ。白地の着物で、紺《こん》色の模様《もよう》は井桁《いげた》。

「お紺《こん》ちゃん、こっちに来れば？　そこにいないほうがいいかもよ」

「ありがとう、平吉《へいきち》くん」

原市と平吉が、お紺という少女を退《さ》がらせる。

馬琴《ばきん》は、少女の足下《あしもと》に目をやった。

地面の上に一匹《ぴき》の鼠《ねずみ》が横たわっていた。

馬琴は、思わず小さく悲鳴をあげた。

「ひっ。ね、ね、鼠っ！」

「先生、どうしたの？　だいじょうぶ？」

わらしが見上げてくる。

「だ、だ、だいじょうぶ、ではない」

死骸《しがい》だから悲鳴を上げたのではない。死んでいなくても、おそらく悲鳴をあげたはずだ。

「先生、鼠が嫌いなの？」

「ね、鼠だけじゃない」

「え？」

馬琴のつぶやきが、わらしには聞こえなかったらしい。

「い、いや、なんでもない」

馬琴も、これまでの長い人生のなかで、息絶《いきた》えた鼠を見たことはある。

だが、自分の家の門前で見たことはなかった。

おとなたちのあいだから声があがる。

――「鼠の死骸かい、気持ち悪いねえ」

――「いま生類憐《しょうるいあわれ》みの令が布《し》かれていたら、えらい騒《さわ》ぎだぜ」

――「下手《へた》したら遠島《えんとう》か死罪だったらしいからな」

いまは文政《ぶんせい》五年（一八二二）。百四十年近く前の貞享《じょうきょう》二年（一六八五）夏から宝永《ほうえい》六年（一七〇九）正月までの二十三年半にわたって存在した、動物愛護《あいご》が行きすぎた悪法だ。

馬琴はぽかんと口を開け、一歩、二歩、後ずさり、そのまま回れ右をして、家のなかに駆《か》け込《こ》もうとした。

すぐに声をかけられた。

――「先生、逃《に》げちゃだめだよ」

わらしだ。馬琴《ばきん》の寝間着《ねまき》を握《にぎ》っている。じっさいに握られている感触《かんしょく》はないものの、気配は強く感じる。

馬琴は家のなかに入るのを踏《ふ》みとどまり、ふたたび回れ右をした。

お紺《こん》、原市《はらいち》、平吉《へいきち》の三人が、近所に住む偏屈親爺《へんくつおやじ》の馬琴の顔を見上げ、つづいて足下《あしもと》にいるわらしを見て、笑みを浮《う》かべる。

だが、ほかのおとなたちは、逃げ帰ろうとした馬琴をなじるような目で見ている。おとなたちには、わらしが見えていないのだ。

言葉を出せないでいる馬琴にかわり、娘《むすめ》お幸《さき》が頭を下げた。

「みなさん、朝っぱらからお騒《さわ》がせして申し訳《わけ》ありません。あとは、うちでちゃんと片《かた》付《づ》けておきますから。――おとっつぁん、頭下げて」

「えっ」

「ほらっ」

馬琴がしぶしぶ頭を小さく下げると、近所に住む人たちが、ひとり、またひとりと帰って行く。

「なにゆえ、わしが」

馬琴がぶつぶつ言っていると、わらしが笑った。

「先生、武士《ぶし》がなにゆえ町人に頭を下げねばならぬ、って思ってるんでしょ」

「あたりまえだ」

すぐに、お幸に叱《しか》られた。

「おとっつぁん！」

お幸が顔を上げたので、馬琴もやれやれと顔を上げた。

その場には三組の家族らしき人たちが残った。

生真面目《きまじめ》そうで、痩《や》せている夫婦者《ふうふもの》。

気さくそうな、がたいのいい夫、ふくよかな妻《つま》、それに幼《おさな》い子がふたり。

そして、ひとりの小さな痩せた老人が残った。

生真面目そうで痩せている夫婦の、夫のほうが出てきて、静かな声で言った。

「原市、おいで」

ひょろりとした原市《はらいち》の腕《うで》をつかむ。すでに寝間着《ねまき》ではなく、きちんと着物を着ている。どこかの大店《おおだな》の店先にいるような風情《ふぜい》の男だ。

さらに、隣《となり》の青白い顔をした、寝間着の上から一枚《まい》羽織っただけの痩《や》せた妻《つま》に声をかける。

「いつまでも風にあたっていちゃいけないよ」

「はい」

そして、こほこほと咳《せ》き込《こ》む。

馬琴《ばきん》の隣に立っているお幸が、小声で言う。

「近所の長屋《ながや》に住んでいる、紙問屋《どんや》の番頭さんをしている富市《とみいち》さんとおかみさんのお鈴《すず》さん。原市くんはひとりっ子」

「へえ」

つづいて、気さくそうな夫婦《ふうふ》の、夫のほうが平吉《へいきち》の腕を引っぱった。

「平吉、もどれ。弟ふたりの面倒《めんどう》を見てやれ」

声が大きい。見るからに職人《しょくにん》だ。着物の袖《そで》から出ている腕《うで》が丸太のように太く、赤銅色《しゃくどういろ》に焼けている。

また、お幸《さき》が小声で言う。

「近所の長屋に住んでいる大工の熊吉《くまきち》さん、針《はり》仕事をしているお昌《まさ》さん。幼《おさな》い子は半吉《はんきち》くんと末吉《すえきち》くん」

原市も平吉も、不安そうな顔でお紺《こん》のほうを見ながら、離《はな》れていく。

離れながら話をするふたりの声が聞こえた。

「なあ、平吉、おまえ、お紺ちゃんの家、知ってるか？」

――「えっ!?　原市も知らないの？」

帰って行く二組の家族に頭を下げていた老人が、残されたお紺の肩《かた》をそっと抱《だ》き、馬琴とお幸に頭を下げた。

そのまま回れ右をしようとする老人に、お幸が声をかける。

「あのっ。わたしは……」

そう言いながら、お幸が馬琴を見てくる。

「……曲亭《きょくてい》馬琴の娘《むすめ》で、お幸と申します。はじめてお目にかかります」

「さようで。こちらこそ。先生のことは存《ぞん》じあげております。わたくしは善八《ぜんぱち》と申します。うちの孫娘《まごむすめ》のお紺が、朝早くから、お騒《さわ》がせいたしました」

隣に立っているわらしが小さな鼻をひくひくさせながら、つぶやいた。

「お紺《こん》ちゃんって、長屋《ながや》の子じゃなさそうだけど、どこの子かな」

馬琴《ばきん》は、わらしのかわりに善八《ぜんぱち》に訊《き》いた。

「善八さんとお紺ちゃんは、そこの長屋ではなく……」

「へえ。長屋ではございませんで」

「失礼だが、お紺ちゃんの両親は？」

「わかりませんで。いまから五年前、わたくしが籠《かご》の行商《ぎょうしょう》の帰り、すぐそこのお稲荷《いなり》さんの前に捨《す》てられていたこの子を……」

お紺は捨て子だったらしい。

「……それ以来、わたくしとふたり暮《ぐ》らしでございます」

「男手ひとつで。それはたいへんでしたな」

そこでわらしが小声で言った。

「先生、鼠《ねずみ》を見つけたときのことを訊いて」

お紺が、わらしと馬琴のほうを、ちらと見てきた。

だが馬琴がお紺から話を聞く前に、お幸《さき》に割《わ》って入られた。

「おとっつぁん、引き止めちゃ失礼よ」

「あ、ああ、そうだな」

馬琴がうなずいていると、善八がお紺に声をかけた。

「お紺、行くよ」

お紺はこくりとうなずいたが、うしろ髪《がみ》を引かれるような顔つきのまま、引きずられるように歩きはじめた。

「さてと！」

お幸が手を叩《たた》き、門のなかに入った。すぐに帚《ほうき》と塵取《ちりと》りを持ってくると、息絶《いきた》えた鼠を掃《は》き取り、また門のなかに入る。

もどってきたお幸が馬琴を睨《にら》みつけてくる。

「厭《いや》なことは、ぜんぶ、わたしに押《お》しつけてくるんだからっ」

「片付《かたづ》けてくれと頼《たの》んだ覚えはない」

「まったく」

「で、どうしたのだ」

「庭の隅《すみ》に埋《う》めたわ」

「庭?」

庭には薬草を植えている一角がある。薬草を煎《せん》じて作った薬は、滝沢《たきざわ》家の収入《しゅうにゅう》の一部にあてられているのだ。

「だいじょうぶよ、薬草から離《はな》した場所にしておいたから」

「それならよかった。――しかし、お幸《さき》。おまえは、なにゆえ、ご近所の人の名前まで覚えておるのだ」

お幸がぽかんと口を開ける。

「それくらいあたりまえのことです」

「そういうものなのか」

「そうよ。おとっつぁんが人づきあいをしなさすぎるんです」

お幸が怒《おこ》り顔で家のなかに入っていく。

馬琴《ばきん》は、ため息をつきながら漏《も》らした。

「くわばら、くわばら」

「くわばら、って?」

わらしが訊《き》いてきたので、馬琴は説明してやった。

「漢字で書くと『桑《くわ》』に『原』だ。厭《いや》なことを避《よ》けるために唱《とな》える呪《まじな》いの言葉だ。菅《すが》原道真公《わらのみちざねこう》の領地《りょうち》の桑の生えた原に一度も落雷《らくらい》がなかったのが語源《ごげん》らしい。まあ、諸説《しょせつ》あるがな」

家のなかから、お幸の声が聞こえてくる。

「ちょっと、おとっつぁん、だれと話してるの？」

「独《ひと》り言だ、独り言」

馬琴が返事をすると、わらしが首をすくめるしぐさをし、舌《した》をぺろりと出してみせた。

五

生類《しょうるい》を憐《あわれ》みなさい

事件《じけん》は、これだけでは終わらなかった。

翌朝《よくあさ》のことだ。

――「きやあああああ！」

またも幼《おさな》い女の子の悲鳴が響《ひび》きわたった。

曲亭馬琴《きょくていばきん》は、すでに目を覚ましており、布団《ふとん》から出ようとしているところだった。

馬琴が、お幸《さき》、わらしといっしょに表に飛び出すと、お紺《こん》が呆然《ぼうぜん》とした顔で突《つ》っ立ち、近所の者たちがわらわらと出てくるところだった。

原市《はらいち》と平吉《へいきち》が、お紺のもとに駆《か》け寄《よ》っている。

そのお紺の足下《あしもと》には、こんどは息絶《いきた》えた猫《ねこ》が横たわっていた。

「ひっ」

馬琴は悲鳴をあげて、あとずさった。顔が引き攣《つ》っているのが、自分でもわかった。

お幸がつぶやく。

「昨日が鼠《ねずみ》で、今日は猫。ちょっと、やだ。気味悪い。おとっつぁん、あの真琴《まこと》っていう女《ひと》のせいじゃない？　ちょっと、やっぱり番屋《ばんや》に行ってくる」

「ま、ま、待てっ」

馬琴は、地面の上を見ないように顔を背《そむ》けながら、止めた。

「どこに、そんな証《あか》しがあるというのだ。番屋でも、役所でも信じてもらえんぞ」

昨日のように、お幸と馬琴が「朝っぱらからお騒《さわ》がせしました」と頭を下げるしかなかった。

両親に引きずられるようにもどっていく原市《はらいち》、平吉《へいきち》につづき、善八《ぜんぱち》といっしょにもどっていくお紺《こん》を、馬琴は追った。

これから息絶《いきた》えた猫を庭に埋《う》めなければならないため厭《いや》な顔をしているお幸が「えっ」と口をぽかんと開けているのが横目で見えていた。

わらしもついてきた。

追った馬琴は、お紺に声をかけようとした。

だがお紺《こん》は、善八《ぜんぱち》に引きずられながら、逃《に》げるように去って行った。

そのお紺の背中《せなか》を心配そうに見送っていた原市《はらいち》と平吉《へいきち》がそれぞれ、親の身体《からだ》の陰《かげ》から馬琴《ばきん》を睨《にら》みつけていることに気づいているのは、わらしだけだった。

翌々朝《よくよくあさ》――。

――「きゃあああぁ!」

三たび、幼《おさな》い女の子の悲鳴が響《ひび》きわたった。

馬琴は、いつもより少し早く目を覚まし、すでに布団《ふとん》から出ていた。

馬琴が、お幸《さき》、わらしといっしょに表に飛び出すと、お紺が呆然《ぼうぜん》とした顔で立ち尽《つ》くしていた。

彼女《かのじょ》の足下《あしもと》には、こんどは息絶《いきた》えた犬が横たわっていた。

「ひーっ!」

馬琴は大きな悲鳴をあげた。

一歩、二歩、あとずさる。

「ひっ、ひっ」

目を回して卒倒《そっとう》してしまいそうだった。

いつか道端《みちばた》で、生きた犬に出くわして身体を固まらせていたとき、娘《むすめ》お幸に言われた。

「『南総里見八犬伝《なんそうさとみはっけんでん》』を書いている曲亭《きょくてい》馬琴が犬を怖《こわ》がるなんてねえ」

たしかにそのとおりなのだが、犬だけでなく動物全般《ぜんぱん》が怖いのだから仕方がない。

だからといって生き物がぜんぶ怖いのかというと、そうではないのだ。小鳥は好きだし、鈴虫《すずむし》や松虫を買ってきて庭に放すこともあるくらいだ。

門前に出たとき、お幸がどこかに走って行くのに、身体を震《ふる》わせている馬琴も、そんな馬琴を見上げているわらしも気づいていなかった。

立ち尽くしているお紺を見た馬琴は、背中《せなか》がざわっとした。

厭《いや》な予感がした。

馬琴は走って行くと、お紺に声をかけた。

「ここに立っていちゃ怖いだろう。こっちにおいで」

馬琴は、少し離《はな》れたところまで、お紺を連れていった。

お紺を見下ろしたまま声をかけようとすると、わらしが馬琴の着物の袖《そで》を引っぱる。

じっさいに引っぱられている感触《かんしょく》はないが気配を強く感じるのだ。

「先生、お紺《こん》ちゃん、脅《おび》えてるよ。しゃがまなきゃ」

「あ、ああ、そうか。そうだな」

馬琴《ばきん》が訊《き》こうとしたとき、背後《はいご》から下駄《げた》の音が聞こえてきた。

振《ふ》り向くと、原市《はらいち》と平吉《へいきち》が走ってくるところだった。

原市と平吉は、まずお紺のほうにちらと目をやってから、馬琴とわらしのほうを見てくる。

原市が馬琴に嚙《か》みついてくる。

「お紺ちゃんをいじめるな!」

「いじめてなどおらん。ちょっと話を訊《き》こうとしているだけだ」

馬琴が答えると、平吉のほうが原市に言う。

「そうだってさ」

「なにを訊こうっていうんだよ」

原市が、また睨《にら》んでくる。

ずっと伏《ふ》し目がちにしていたお紺が、馬琴とわらしを交互《こうご》に見てくる。

「馬琴先生、この子、だれ？」

馬琴は、離《はな》れたところに群《むら》がっているおとなたちに聞かれないように小声で答えた。

「座敷童《ざしきわらし》だ」

「ざしき、わらし？」

お紺が訊《き》いてくる。

「まあ、家に居着《いつ》く霊《れい》、守り神だ」

「へえ！」

馬琴は口の前に右手の人差し指を立てた。

「しっ。大きな声を出すでない」

いまは目つきが穏《おだ》やかになった原市が訊いてくる。

「お化けみたいなもの？」

「お化けとはちがうが、みたいなもの、だ」

「おれたち、見えてるんだな」

原市が、平吉とお紺と顔を見合わせる。

馬琴は教えた。

「座敷童《ざしきわらし》は子供《こども》にしか見えぬ。おとなには見えぬ」

原市《はらいち》が、馬琴《ばきん》に訊《き》いてくる。

「馬琴先生は、おとなじゃないか」

「なぜか、わしは見えるようだ」

「なんで？」

「さて。目が悪くなってきたせいかもしれん」

わらしは、にこにこ笑いながら、三人の顔を見上げている。わらしの背丈《せたけ》は、三人より低い。

馬琴は、お紺《こん》にそっと声をかけた。

「お紺ちゃん。これで、三日連続だ」

「…………」

お紺がうつむく。

「鼠《ねずみ》、猫《ねこ》、犬……」

「……わたしじゃありません……」

「なにがじゃ」

「……置いたの、わたしじゃありません……」

「だれも、そうは言っておらん」

「……疑《うたが》われてるかと思って……」

わらしが割《わ》って入る。

「ちょ、ちょっと先生、そんな責《せ》めるような言い方しちゃダメだよ」

わらしが、お紺に声をかける。

「お紺ちゃん、ひょっとして、なにか見た？」

少し黙《だま》っていたお紺は、はじめ、わらしに顔を向けていたが、少し離《はな》れたところにいるおとなたちのほうをうかがってから、馬琴を見上げた。ほかのおとなたちには、わらしが見えていないからだ。

「見ました」

「なにを」

馬琴は訊《き》いた。

「女の人」

背中《せなか》が、また、ざわっとした。

お紺《こん》がつづける。

「一昨日《おととい》も、昨日も、さっきも、見ました」

背中《せなか》が、ざわざわし、鳥肌《とりはだ》が立つのがわかった。

鼠《ねずみ》が見つかった一昨日、猫《ねこ》が見つかった昨日、そして犬が見つかったさっきと、三度も見ているのなら……。

「なら、声をかけてくれればよかったのに。そうすれば、その女を捕《つか》まえることができたのだ」

また責《せ》めるような口調になってしまったと思ったが、遅《おそ》かった。

お紺が目を伏《ふ》せる。

「先生！」

わらしに怒《おこ》られた。

「すまん、すまん」

「わたし……」

お紺が話してくれた。

「……おじいちゃんがとっても朝早いから、わたしも早くから目が覚めちゃうの。朝ご

はんも早い。でも手習いまでは時間もあるし、ほかの子はまだ家にいるから、わたしひとりで外で遊ぶの」

「うむ」

手習いとは、文字の読み書きなどを習うこと。主に上方《かみがた》（関西）では「寺子屋《てらこや》」と呼《よ》ばれている。

「それで、一昨日《おととい》、このへんで見たことがないくらい、きれいな女の人を見かけたから、こっそりついていったら、先生ん家《ち》だったの」

「うむ」

「で、持ってる風呂敷《ふろしき》を広げて、なにか地面の上に置いて行ったの。なんだろうって思って近づいたら……」

息絶《いきた》えた鼠《ねずみ》を見てしまったのだ。

真琴《まこと》と名乗る女性《じょせい》読者にちがいないと馬琴《ばきん》は思った。

馬琴は、お紺《こん》に訊《き》いた。

「それが、昨日は猫《ねこ》で、さっきは犬だった、と」

お紺が、こわばった顔つきのまま、うなずく。

「あの女か」

馬琴がつぶやくと、わらしもうなずいた。

「きっと、そうだね」

「なぜだ」

「先生が『南総里見八犬伝《なんそうさとみはっけんでん》』の続きを出さないから」

「だからといって、なにゆえ、わしがこんな目に遭《あ》わねばならんのだ」

おそるおそるというかんじで、お紺が訊いてきた。

「あの女の人のこと、先生、知ってるんですか？」

「顔見知りではないが、だれなのかは見当がつく」

「だれなんですか？」

そのとき、背後《はいご》で声がした。

――「どこでぇ、どこでぇ」

このあたりをうろついている岡《おか》っ引《ぴき》の声が聞こえてきた。

黒い股引姿《ももひきすがた》の四十前くらいの男が早足で歩いてくる。藍《あい》色で縞模様《しまもよう》の着物と羽織の尻《しり》を端折《はしょ》っている。

岡《おか》っ引《ぴき》の名は藤吉《とうきち》といったか。このあたりの者なら、だれでも知っている。引きこもりの馬琴《ばきん》ですら知っているくらいなのだから。

岡っ引の藤吉の半歩うしろから、お幸《さき》が小走りでついてくる。

「あの馬鹿《ばか》っ」

自身番に走って、岡っ引の藤吉を連れてきたらしい。

馬琴は、お紺《こん》、原市《はらいち》、平吉《へいきち》に言った。

「くわしいことが知りたかったら、昼餉《ひるげ》のあとにでも、うちに来い。娘《むすめ》は出かけて、わしひとりだからな」

三人の子を散らせた馬琴は、立ち上がって振《ふ》り向くと、自分の家の門前、犬の死骸《しがい》があるあたりに向かって歩いていった。

お幸が、馬琴のほうを指差しながら、岡っ引の藤吉に言う。

「うちの父です」

「知ってるよ。曲亭《きょくてい》馬琴先生だろ」

藤吉は、背《せ》が低く、痩《や》せて、浅黒く、肌《はだ》つやが悪い。まして目がつり上がり、出っ歯なため、見るからに溝鼠《どぶねずみ》のようだ。

藤吉がつづける。

「生類憐《しょうるいあわれ》みの令の時代じゃねえんだ。死んだ犬が転がってたくらいで呼《よ》びつけるんじゃねえ」

「昨日は猫《ねこ》で、一昨日《おととい》は鼠《ねずみ》だったんですよ」

「それがどうした。ただの偶然《ぐうぜん》だろうよ。きーきーうるせえから来てやったんだ」

藤吉が野次馬《やじうま》たちに向かって言う。

「ほら、ほら、見世物《みせもの》じゃねえんだ。みんな、家に帰《けえ》れ」

お幸が嚙《か》みつく。

「来たなら、せめて犬を片付《かたづ》けてくださいよ」

「冗談《じょうだん》じゃねえ。おれが片付けるのは野次馬だ」

藤吉を睨《にら》みつけている馬琴のところへお幸が足早に近づいた。

「おとっつぁんも、なにか言って！」

「だから、わしは呼ぶなと言ったんだ」

「いい格好《かっこう》しいなんだから！　おとっつぁん、犬を埋《う》めて」

「わしはできん。お幸、出かける前に頼《たの》む」

「んもう！」

「頼《たの》む！」

馬琴《ばきん》は、顔の前で両手を合わせて拝《おが》んだ。

気づいたときには、近所から集まった野次馬《やじうま》たちも、そして、お幸《さき》が連れてきた岡《おか》っ引《ぴき》の藤吉《とうきち》もいなくなっていた。

六

わしは手習い師匠《し》匠《しょう》か？

滝沢《たきざわ》家の表の門前に、息絶《いきた》えた犬が捨《す》て置かれた日の午後。

大声ではなく、ささやくような声で、曲亭馬琴《きょくていばきん》のことを呼《よ》んでいるのが聞こえた。

「先生ーっ」

原市《はらいち》、平吉《へいきち》、お紺《こん》の三人だ。

声の聞こえ方からすると、どうやら門前に立っているらしい。

長屋の手習い師匠のところで勉強を終えた三人は昼餉《ひるげ》ののち、それぞれ親兄弟たちに黙《だま》って、馬琴の家にやってきたのだ。

「先生っ、あの子たちが来たよ。呼んできていい？」

わらしが訊《き》いてくる。

「ここは手習いか？　わしは手習い師匠か？」

物書きになる前、家族を食わせるため、手習い師匠《ししょう》をしていた時期もある。だが、しょせん子供嫌《こどもぎら》い、人嫌いなのだ。長くは続かなかった。

わらしが、まじめな顔で見つめてくる。

「なんだ」

「だから呼《よ》んできていい？」

「ほんとうに来たのか」

「あたりまえだよ。だって先生が呼んだんだよ」

ああ、そうだった。

今朝、お紺《こん》たちを、こっそり呼んでおいたのだ。

今日は朝からお幸《さき》が神田明神下《かんだみょうじんした》の家に使いに出て、一泊《ぱく》してくることになっているからだ。

だが後悔《こうかい》していた。やはり呼ばなければよかった。

わらしが馬琴《ばきん》の心を読んで、言ってくる。

「いまさら後悔しても遅《おそ》いよ。先生が来客嫌いなのはわかってるけど、だからといって、呼んだ以上、追い返すわけにはいかないよ。それに相手はおとなじゃなくて子供なんだから」

「うぬ」

「おとなが子供に嘘《うそ》をつくのは良くないよ。お紺ちゃん、原市《はらいち》くん、平吉《へいきち》くんが、嘘をつくおとなになってもいいの？」

「うっ」

「でしょ？　だから呼ぶよ？　呼ぶからね？」

「わ、わかった。だ、だが家には上げるな。庭に回せ」

「どうして？」

「子供は汚《よご》す」

「あたしは汚さないよ」

「おまえは生きた子じゃない」

「そうだけど。なんか、ひどーい」

わらしが足音を立てずに一階に下りていったあとから、馬琴もつづいた。

六畳間《じょうま》を突《つ》っ切り、庭に面した縁側《えんがわ》に胡坐《あぐら》をかいてすわっていた。

すぐに呼びに行っていたわらしがもどってきた。

わらしは馬琴《ばきん》の隣《となり》にすわり、庭のほうへ両足を投げ出す。

じきに、下駄《げた》の音を立てながら、原市《はらいち》と平吉《へいきち》、そして、お紺《こん》が庭に入ってきた。

お紺が両手を前にそろえて、ぺこりと頭を下げた。つられるように原市と平吉も頭を下げる。

「馬琴先生、お言葉に甘《あま》えて、お邪魔《じゃま》しました」

「う、うむ」

「どうしたんですか？　朝より顔色が悪いですけど」

すぐにわらしが言う。

「いいの、いいの。放っといて」

「どういうことなの？」

「ただの、わがままなんだから」

そう答えたわらしを、お紺がじっと見る。

「座敷童《ざしきわらし》っていっても、ふつうの女の子に見えるね」

「でも座敷童だよ。わたしの手を握《にぎ》ってみて」

わらしが、人形を抱《だ》いていないほうの右手を前に出す。

「じゃ、おれが……」

原市が右手を出し、腕《うで》をつかもうとした。

だが……。

原市の手は、わらしの右手を、すっとすり抜《ぬ》け、空振《からぶ》りする。

「えっ」

原市がぽかんと口を開ける。

平吉も手を前に出した。

やはり、原市のときと同じように、平吉の手も、すり抜けた。

「ここにいないんだ」

平吉がつぶやくと、わらしが笑う。

「いるけど、いないの。いないけど、いるの。だって見えるでしょ？　あたしが、この世のものではない座敷童って信じてくれる？」

お紺も原市も平吉も、そろって首を縦《たて》に振《ふ》って、うなずいた。

「あたし、この世のものじゃないけど、怖《こわ》い？」

三人は、こんどは、そろって首を横に振った。

「怖《こわ》くない」とお紺《こん》。

「怖くはない」と原市《はらいち》。

「怖くないのかな？　でも、よく考えると怖いかも」と平吉《へいきち》。

やりとりを見て、聞いていた馬琴《ばきん》は大笑いした。

「わははは。正直だな」

お紺が、思い出したように言う。

「そうだっ。一昨日《おととい》の朝、昨日の朝、今日の朝、わたしが見た女の人は、だれなんですか？」

「それはな……」

馬琴は、「真琴《まこと》」と名乗る女性《じょせい》読者について、一通目の文《ふみ》から順を追って話した。

馬琴が話し終わっても、三人はしばらく黙《だま》っていた。

「どう思う」

馬琴が訊《き》くと、お紺がひとつうなずいてから、やっとというかんじで答えた。

「怖い」

つづけて原市が少し怒《おこ》ったような顔つきで言った。

「許《ゆる》せねえ！　馬琴先生にそんなことするなんて！　なあ、平吉！」

平吉が脅《おび》えた顔つきでうなずく。

「うん、うん。先生にたいしてもだけど、お紺ちゃんを泣かせたのが許せないよ」

「そ、そうだ、そうだよ、お紺ちゃんを泣かせたのが許せねえ！　ここん家《ち》の門前に捨《す》てられてたのは鼠《ねずみ》だけじゃねえ、猫《ねこ》に、犬もだぜ！」

原市は、お紺を気にかけた平吉に負けたくなかったのだろう。

お紺が小さな声で「あっ」と声をあげてから、目を伏《ふ》せた。

馬琴は、お紺がなにか言いたそうにしているのを見逃《みのが》さなかった。

「どうした？」

お紺が、馬琴の顔をそっと見てくる。脅《おび》えとも恐《おそ》れともちがう、微妙《びみょう》な顔つきをしている。

「言いたいことがあったら言いなよ」

原市につづいて、平吉もうながす。

「言ったほうがいいよ」

口を動かしかけては止めているお紺に向かい、わらしがそっと声をかけた。

「厭《いや》な予感がするのよね?」

馬琴《ばきん》は、なんのことかわからず、原市《はらいち》、平吉《へいきち》といっしょに、お紺《こん》とわらしの顔を交互《こうご》に見た。

馬琴は訊《き》いた。

「わらしは、お紺ちゃんの心のなかが、わかるのか」

「はっきりとじゃないよ。なんとなく」

「ならば教えろ」

「しっ」

わらしは口の前に右手の人差し指を立てた。

少しの沈黙《ちんもく》のあと、お紺が馬琴の目をまっすぐに見て、口を開いた。

「座敷童《ざしきわらし》の彼女《かのじょ》……」

「わらし、と呼《よ》んでやってくれ」

「わらしちゃんの言うとおりです。わたし、厭な予感がするんです」

「うむ」

馬琴は、ただうなずいて、話の先をそっとうながした。

六　わしは手習い師匠か？

お紺がつづける。

「はじめは鼠《ねずみ》でしょ？　次が猫《ねこ》。で、その次が犬」

「うむ、そうだな」

「だんだん、身体《からだ》が大きくなってるの」

七

馬《ば》琴《きん》先生を守り隊

「なにが言いたいのだ」

曲亭《きょくてい》馬琴は子供《こども》たちに訊《き》いた。

「えっと……」

「その……」

原市《はらいち》と平吉《へいきち》は首をかしげているが、わらしが「あっ」と気づいた。

「なるほどね」

「なんだ、わらし」

「先生、おとなのくせにわからないの?」

「くせにとはなんだ、くせにとは」

「犬より大きな生き物はなに?」

「牛、馬といったところか」

「牛や馬がそのへんにいる？　だいいち、女の人が、すぐに牛や馬を殺《あや》められないでしょ」

「それもそうだな」

馬琴は、ようやく気づいた。

「ということは、次は……」

馬琴の顔を見てきたわらしとお紺《こん》が神妙《しんみょう》な顔つきでうなずいて、原市も気づいたらしい。そして最後に気づいた平吉が、ぼそりと言った。

「人」

お紺は、「鼠《ねずみ》、猫《ねこ》、犬の次は人が命を狙《ねら》われるにちがいない」と言いたかったのだ。

「だれが殺されるのだ」

馬琴は首をかしげた。

すると、お紺、原市、平吉、そして、わらしが、そろって口をぽかんと開けたまま、馬琴の顔を見てくる。

わらしが言う。

「鈍《にぶ》いおとなだねえ」

「どういうことだ、わらし」

「先生があぶないんだよ」

「なにっ、わしが？」

わらしが、馬琴《ばきん》の顔をまっすぐに見て、うなずく。

「この家には、娘《むすめ》さんのお幸《さき》さんもいます。でも、そもそも、あの真琴《まこと》っていう女の人が現《あらわ》れたきっかけは？」

「わしが『南総里見八犬伝《なんそうさとみはっけんでん》』の続きを書かないから、だったかな」

「だったかな、じゃなくて、そうなんです。先生が恨《うら》まれているってことです」

「つまり、鼠《ねずみ》、猫《ねこ》、犬の次に殺されるのは、わしということか！」

「はい。――やっとわかったのね、先生」

わらしが冷たく言い放つ。

原市《はらいち》も平吉《へいきち》もお紺《こん》も、頬《ほお》を引きつらせて苦笑いしている。

「わしは殺されるのか」

馬琴が呆然《ぼうぜん》としていると、わらしがにっこり笑う。

「殺されるって決まったわけじゃないよ」

「あたりまえだ。殺されてたまるか」

「そうそう！　その意気！　先生は殺されちゃいけないの。ううん、先生を死なせちゃいけないの」

原市《はらいち》が首をかしげる。

「さっきから話を聞いてるけど、ヘンじゃない？」

「ヘン？」

わらしが首をかしげる。

原市がつづける。

「その真琴《まこと》って女の人は、先生の『南総里見八犬伝《なんそうさとみはっけんでん》』が好きなんだよね？」

「うん」

「うむ」

わらしにつづいて、馬琴《ばきん》もうなずいた。

「それなのにさ」

原市の言葉に、お紺《こん》が、はっと顔を上げる。

「そっか」

「どういうこと？」

平吉《へいきち》が、原市とお紺の顔を見て訊《き》く。

原市がつづける。

「それなのに、どうして先生のことを殺しちゃうかもしれないの？　先生が死んじゃったら『南総里見八犬伝』の続きが読めなくなるんだよ？」

平吉がなんどもうなずく。

「そっか、そっか。原市、すごいなあ」

「それぐらい気づけよ。お紺ちゃんも気づいたぜ」

「そうなの？」

平吉が顔を向けると、お紺がうなずいた。

馬琴は、原市と平吉に声をかけた。

「いいか？　ふたりに好きな女の子がいるとする」

原市と平吉の目がかすかに横に泳いで、お紺がいるほうをうかがう。

「好きだと打ち明けるが、ものの見事に振《ふ》られる」

「えっ」

原市《はらいち》と平吉《へいきち》が同時に声をあげ、お紺《こん》のほうをちらりと見る。

それを見て、わらしが声を出さずに笑う。

馬琴《ばきん》はつづけた。

「そこから先は、人によっていくつかに分かれる」

馬琴は、右の人差し指を立てた。

「一《ひと》つ、しつこく打ち明ける」

次は中指も立てる。

「二《ふた》つ、あきらめてしょんぼりする」

さらに薬指も立てる。

「三《みっ》つ、自分がこんなに好きなのに振《ふ》るなんて許《ゆる》せない。そう思って、いじめたり、悪さをしたりする」

「おれなら、しつこく打ち明ける」

原市だ。

つづけて平吉が言う。

「ぼくなら、あきらめて、しょんぼりする」

ふたりの返事を待ってから、お紺が腕組《うでぐ》みをして言った。

「先生と『南総里見八犬伝《なんそうさとみはっけんでん》』を好きなその女の人は三つめの人なんですね」

「そうだ。文《ふみ》を寄《よ》こして、『続きを出せ』とか『かわりに書いた』とか言ってくるくらいなら無視《むし》しておく。まあ、それも厭《いや》ではあるがな。だが生き物に危害《きがい》を加えはじめたとなると、このまま放っておくわけにはいかん」

「そうです！」

お紺がきっぱりと言う。

「うちのおじいちゃん、先生の『南総里見八犬伝』が大好きなの。でも、おとなしく待ってる」

「そうか、そうか」

馬琴は、うれしかった。

原市が口を開く。

「おれんちのとうちゃんもかあちゃんも、平吉んところのとうちゃんもかあちゃんも先生の『南総里見八犬伝』は読んじゃいないけど」

「うっ」

「でも、気持ちはお紺《こん》ちゃんといっしょだ。おれ、先生を守りたい!」

「おれも、守りたい!」

平吉《へいきち》もつづく。

さらに、お紺が小さな手をぎゅっと握《にぎ》りしめてから、うなずいた。

「わたし、先生を守りたい」

原市《はらいち》、平吉、お紺がうなずき合う。

さらにお紺が言った。

「そうだ! 守りたい! 守り隊! 『馬琴《ばきん》先生を守り隊』! 三人で『馬琴先生を守り隊』を結成しましょう!」

そこで、わらしも手を挙げた。

「あたしも、『馬琴先生を守り隊』に入る!」

かくして「馬琴先生を守り隊」は結成されることになった。

「『馬琴先生を守り隊』、つまり、わしを守りたい、か」

馬琴がまんざらでもない顔をしていると、わらしが、人形を抱《だ》いていないほうの右手を挙げた。

「さあ、『馬琴先生を守り隊』結成となったら、あの女の人からどうやって先生を守るか、作戦を練りましょう！　さあ、家に上がって、上がって！」

わらしが、原市、平吉、お紺に声をかける。

「お、おいっ！」

馬琴は、あわてた。

「ちょ、ちょっと待て！」

馬琴は両手を広げて止めたが、遅《おそ》かった。

「お邪魔《じゃま》しまーす！」

三人が下駄《げた》を脱《ぬ》いで、上がりはじめた。

下駄を履《は》いていたにもかかわらず、三人の裸足《はだし》の跡《あと》が縁側《えんがわ》に残っている。

「あ、あっ」

呆然《ぼうぜん》とする馬琴に、わらしが声をかけてくる。

「あきらめなさい」

「うう」

「子供《こども》って、こういうものよ」

「しかしだな」

縁側《えんがわ》に面した、いつも馬琴《ばきん》が朝餉《あさげ》を摂《と》る部屋に入った三人は、すでに輪になって顔を突《つ》き合わせている。

「なにをしているのだ」

「作戦を練るのです！」

原市につづいて、平吉も言う。

「会議です！」

馬琴は首を横に振《ふ》ると、三人の真ん中に割《わ》って入ろうとした。

「わしは、守ってくれなどと頼《たの》んだ覚えはないぞ」

すぐに、わらしが、馬琴の前に立ちふさがった。

「この子たちの好意を無《む》にするの？　この子たちの思いを無《む》にするの？」

「それは……」

「わかったら、輪の外で、だまってすわってて。わたしたち『馬琴先生を守り隊』の会議をだまって聞いてて」

まじめな話をしながら、原市《はらいち》が手で腹《はら》のあたりをさすりはじめた。

「どうしたのだ」

馬琴が訊《き》くと、平吉《へいきち》がへらへら笑いながら答えた。

「原市は、別名『腹痛《はらいた》』なんだよ。ちょっとまじめなことはじめると、すぐ腹痛起こすんだ」

原市がさすっているのは、よく見ると、腹ではなく胃《い》の腑《ふ》のあたりだった。

馬琴が所在なげにしていると、わらしが言った。

「先生、じっとしていられないなら、台所からなにかおやつになりそうなものを持ってきて」

「えっ」

「なに？」

「面倒《めんどう》くさい」

「先生って、冷たい人ね」

「うぬ。わかった」

馬琴は立ち上がった。

ふだんから、あまりしゃべらないのに、わらしが見えるようになってから、けっこうしゃべっている。まして今日は、かなりしゃべってしまっている。

そもそも馬琴《ばきん》が嫌《きら》いなのは、女性《じょせい》のおしゃべりだ。女性が複数《ふくすう》集まったときのおしゃべりは、聞くに堪《た》えない。

子供《こども》三人、いや、子供三人と座敷童《ざしきわらし》の作戦会議とやらも、そばで聞いているのは耐《た》えられないと思ったのだ。

「男子厨房《ちゅうぼう》に入《い》らず」と言われて育ってきたので、馬琴は台所内のことはよくわからない。

台所の土間に下りた馬琴は。戸棚《とだな》に残された、皿に盛《も》られた稲荷寿司《いなりずし》を見つけた。

稲荷寿司とは、袋状《ふくろじょう》に開いた油揚《あぶらあ》げを甘辛《あまから》く煮付《につ》け、椎茸《しいたけ》や人参《にんじん》などの具材を煮込《にこ》んで混《ま》ぜた寿司飯を詰《つ》めたものだ。形はいろいろあるようだが、ここにあるのは、印籠《いんろう》形《がた》の四角いものだ。お幸《さき》が作りおいてくれていたらしい。

馬琴は、稲荷寿司を盛《も》った皿を持って座敷《ざしき》にもどった。

三人のあいだに置いた。

「すっげえ！」

「稲荷だ！」

最初に声をあげたのは原市《はらいち》と平吉《へいきち》だが、手が出たのはお紺《こん》だった。

稲荷寿司を両手に握《にぎ》ったお紺は、目の色を変えて、がっついている。

稲荷寿司に手を伸《の》ばしながら、原市があ然《ぜん》としている。

「お紺、ちゃん……」

平吉も苦笑いする。

「……す、好きなんだね」

そのとき、お紺のうしろに立っていたわらしが目をぱちくりしているのが見えた。さらに黒目が右に左に動きはじめた。

「どうした、わらし」

馬琴《ばきん》が声をかけると、わらしが首を横に振《ふ》った。

「な、なんでもない、なんでもない」

そしてお紺に小声で話しかけた。

――「お紺ちゃん、出てる。引っ込《こ》めて」

お紺に負けじと食べはじめた原市がうなる。

「うめえ！　なあ、平吉《へいきち》！」

平吉が返事をするかわりに、「ぶっ」と大きな音を立てて屁《へ》を放った。

「ぶっ、ぶっ、ぶっ！」

臭気《しゅうき》が漂《ただよ》った。

まず、お紺《こん》が袖《そで》で鼻を押《お》さえたまま、畳《たたみ》の上に、仰向《あおむ》けに倒《たお》れた。悶絶《もんぜつ》している。

「だいじょうぶか？」

馬琴《ばきん》が助けようとすると、原市《はらいち》が手で制《せい》してきた。

「いつものことだから」

「なに？」

原市が叫《さけ》ぶ。

「こら。平吉！　いや、へ、『屁吉《へーきち》』！　お紺ちゃんがぶっ倒《たお》れちゃったじゃないか！」

「だって、しょうがないじゃないか。出ちゃうんだから。なにを食べても出ちゃうんだよ」

倒《たお》れていたお紺が、よろよろと立ち上がりながら言う。

「さっき話した作戦でいくよ。これから、いったん帰って、また集合するよ」

「わかった」

原市《はらいち》につづいて、平吉《へいきち》も稲荷寿司《いなりずし》を頬張《ほおば》りながら立ち上がる。

お紺《こん》と原市が、着物の袖《そで》で鼻を押《お》さえながら縁側《えんがわ》に出る。下駄《げた》を履《は》き、庭に下りた。

お紺が、まだ座敷《ざしき》にいる平吉に声をかける。

「ほら、帰るよ。――馬琴《ばきん》先生、お邪魔《じゃま》しました！」

三人が帰って行く。

「やれやれ」

ため息をついた馬琴が回れ右をすると、縁側にわらしが仰向《あおむ》けに倒《たお》れたままなのが見えた。

八

鍋《なべ》はいけません

わらしは寝《ね》ているのではない。悶絶《もんぜつ》したまま気絶《きぜつ》しているのだ。

「おい、わらし、どうした！」

曲亭馬琴《きょくていばきん》は声をかけたが、わらしは、ぴくりともしない。

そばにしゃがみ、小さな肩《かた》に手をかけて、揺《ゆ》すろうとしたが、馬琴の手は素通《すどお》りするだけ。だから動かして起こすことはできない。じっと見守っているしかなかった。

縁側《えんがわ》に胡坐《あぐら》をかいてすわった馬琴は、わらしを見下ろしながら思っていた。

まさかこの歳《とし》になって、座敷童《ざしきわらし》を見ることになるとは思ってもいなかった。

いま目の前で、眠《ねむ》っているようにしか見えない座敷童は、見えるだけでなく、話ができる。それどころか馬琴の心まで読み、馬琴の痛《いた》いところを突《つ》いてきて、説教までしてくる。家に引きこもり、家族以外とは必要最小限しか話さないでいたいのに、この座敷童は、おとなだけでなく子供《こども》まで呼《よ》びつける。馬琴をしゃべらせよう、しゃべらせようとしてくる。なんとも……。

「お節介《せっかい》な子だ」

馬琴は、わらしを見下ろしながら苦笑いした。

わらしがぶっ倒《たお》れてから、四半刻《しはんとき》（約三十分）ほど経《た》っていた。

目を開けたわらしに声をかける。

「だいじょうぶか」

わらしは、二度、三度、まばたきをすると、上体をさっと起こした。

「わらし、気を失っていたぞ」

わらしが、小さな鼻をしかめる。

「平吉《へいきち》のおなら」

「ああ」

「死ぬほど臭《くさ》かった」

「なるほど」

「死んでないけど」

「座敷童《ざしきわらし》は生きてるのか死んでるのか」

「さあ。生きてるし、死んでる。生きてないし、死んでない。よくわからない」

そのとき――。

「あっ」

わらしが声をあげて、立ち上がった。

「なんだ？」

「来るよ」

「なにがだ」

馬琴《ばきん》には、さっぱりわからなかった。

少しすると、下駄《げた》を履《は》いて走る音が聞こえてきた。

だれだと思って立ち上がったときには、すでに下駄の音の主《ぬし》たちが姿《すがた》を現《あらわ》し、狭《せま》い庭に駆《か》け込《こ》んできていた。

原市《はらいち》、平吉《へいきち》、お紺《こん》の三人だ。

さきほどまでと着ているものは同じだが、まるで様子がちがっていた。

三人の姿《すがた》を見たわらしが、指差しながら大笑いする。

「きゃははは」

たしかに、おかしかった。

三人が三人とも、頭から鉄鍋《てつなべ》をかぶり、右手には長い棒《ぼう》きれを握《にぎ》っていたからだ。

三人が、お互《たが》いを見て「あっ」と声をあげる。

お紺《こん》が、原市《はらいち》と平吉《へいきち》を叱《しか》るように言う。

「さっきの作戦会議で『鍋とか棒とか』って言ったけど、あれはたとえ話よ。ほかに武《ぶ》器《き》になりそうなものはなかったの？」

「おれんち、とうちゃんが金槌《かなづち》とか持たないから、それらしいもの、なにもないんだよ。でも、ほら、平吉のとうちゃんは大工だから、なにかあるかも」

原市がそう言って平吉のほうを見る。

「大工道具のなかに、鋸《のこぎり》とか金槌とか入ってるけどさ、とうちゃん、仕事で持って行ってるしさ」

「なんだよ、ないのかよ」

「だってさ」

馬琴《ばきん》は、ふたりに声をかけた。

「まあ、まあ」

このままでは喧嘩《けんか》になりそうだから止めた。そもそも揉《も》めごとは好きではない。

馬琴は、あらためて、目の前の三人を見た。

鼠《ねずみ》、猫《ねこ》、犬の次は、人、それも馬琴が殺されてしまうかもしれないと思い、『馬琴先生を守り隊』を結成し、守ろうとしてくれているのは、ありがたい話だ。

だが……。

馬琴は、ふと、われに返った。

わしは、なにをしているのだ。

真琴《まこと》という、ひとりの女のことで頭がいっぱいになっていないか。「次は馬琴を殺す」と言われたわけではない。

こうして近所の子供《こども》たちと遊んでいる暇《ひま》があったら、原稿《げんこう》を書くのが優先《ゆうせん》なのではないか。一年も早く、一か月も早く、一日も早く、『南総里見八犬伝《なんそうさとみはっけんでん》』の続きを出すべきなのではないか。

視界《しかい》に、馬琴の顔を見ている子供たちが見えた。

この子たちに「帰れ」と言うのもおとなげないかと思い、回れ右をした。三人が戸惑《とまど》っているのがわかった。

ここはやはり、はっきり言ったほうがいいかもしれぬ。

馬琴《ばきん》が「帰れ」と言うため、振《ふ》り返りかけたときだった。

わらしが両手を広げて、目の前に立ち塞《ふさ》がった。

「先生、また引きこもるつもり？　引きこもっちゃダメ」

「しかし、わしには原稿《げんこう》が……」

「原稿？　さっさと書いていれば、こんなことにはならなかったんだよ。でも書かなかったから真琴《まこと》っていう女の人を怒《おこ》らせてしまったんだよね。だったら、その責任をとるべきだよ」

「だから原稿を」

「今日、次の一冊《さつ》分を書き上げて、真琴って女の人に見せることができる？」

「それは……」

「だったら、いま目の前で起きていることに、ちゃんとまっすぐに向き合うべきだよ」

「うっ」

そのときだった。

家の表のほうから声が聞こえてきた。

──「あの子たち、どこに行ったのかしらねえ。お鈴《すず》さん、家から出てきて、だいじょうぶなの？」

「あっ、やっべえ」

原市《はらいち》と平吉《へいきち》がそろって小さく声を出し、後ずさりしてから、回れ右をし、庭の裏手《うらて》に向かって歩こうとする。

「まずいよね」

お紺も、ふたりにつづいて裏手に回ろうとしたとき、玄関先《げんかんさき》から下駄《げた》の音が聞こえてきた。

ふくよかなお昌《まさ》が、のしのしと入ってきた。そのうしろから、寝間着《ねまき》の上から一枚《まい》羽織っただけのお鈴がよろよろとつづいてくる。

そのお鈴が、やっとというかんじで言う。

「原市、そんなものを、持ち出さないでおくれ。こほこほ」

咳《せ》き込《こ》みはじめたお鈴の背中《せなか》をさすりながら、お昌が大きな声で叱《しか》り飛ばす。

「平吉、おまえもだよ！　ごはんを作るものだろ！　頭に被《かぶ》るんじゃないよ！　だいいち、どうして、そんなものを台所から持ち出すんだい！　早くお返し！」

お昌《まさ》が、原市《はらいち》とお紺《こん》にも声をかける。

「ほら、原市もお紺ちゃんも、鍋《なべ》をお返し。持って帰らせてもらうからね」

平吉《へいきち》、原市、お紺の三人から鉄鍋を回収したお昌が、こんどは馬琴《ばきん》に顔を向けてきた。

「馬琴先生！」

隣《となり》に立っているわらしが、にやにやしながら馬琴の顔を見上げてくる。

「なんじゃ、その顔は」

「『なんじゃ、その顔』って！」

お昌が声を荒《あら》らげる。

ああ、お昌には、わらしのことが見えていないのだ。馬琴がお昌に言ったように聞こえたにちがいない。

「こ、こっちの話だ」

「馬琴先生！　この子たちになにを吹《ふ》き込《こ》んだのです！　先生が、家から鍋を持って来いとそそのかしたのですか！」

「ち、ちが、ちがう」

「なら、なんなのです！」

「あ、いや、わしは……」

馬琴がしどろもどろになっていると、お紺が前に出て、言った。

「おばさん、先生は悪くないの」

「どういうこと？」

お紺は、鼠《ねずみ》、猫《ねこ》、犬の死骸《しがい》を置いたのは、真琴《まこと》らしき女性だということを、感心するほど、わかりやすく簡潔《かんけつ》に話して聞かせた。

「そりゃ、ほんとうかい？」

お昌は、お紺に訊《き》いた。馬琴のほうには見向きもしない。

お紺につづき、原市も、平吉も、まじめな顔でこくりとうなずく。

そして、お昌の息子の平吉が言う。

「お紺ちゃんが言ったのはほんとうだよ。ぼくたち……」

そう言いながら、原市、お紺、そして、母親たちには見えていないわらしの顔を見る。

「……『馬琴《ばきん》先生を守り隊』を結成したんだ！　だから……」

そこで三人が同時に頭を下げた。

「お願いします！」

お昌《まさ》が少し考える顔つきをしてから、うなずいた。

「先生を守りたいのは、わかった」

そして、お鈴《すず》のほうをちらと見る。

お鈴も小さくうなずく。

「でもね、だからといって、さっきも言ったけど、鍋《なべ》はごはんを作るものなの。頭に被《かぶ》るものじゃないの。だから、このまま持ち帰るよ」

「はい！」

三人が元気よく返事をする。

「じゃあ、このまま先生を守っててもいいけど……」

お昌は、そこで言葉を切った。

「……夕餉《ゆうげ》までには、もどってくるんだよ！　いいね！」

「はい！」

そこでようやくお昌は、馬琴の顔を見てきた。

「馬琴先生、この子たちのこと、よろしくお願いします」

「う、うむ。心得た」

お昌とお鈴が帰っていく。

馬琴が、ふーっとため息をついていると、わらしが見上げながら言った。

「先生、『心得た』って言っちゃったね」

「うぬ」

笑顔になる三人に比《くら》べ、子供《こども》たちを預《あず》かってしまった馬琴の心は沈《しず》んでいた。

九

落とし穴《あな》大作戦！

「武器《ぶき》、これだけになっちゃったな」

原市《はらいち》が右手に握《にぎ》った棒《ぼう》きれを見ながら口を尖《とが》らせた。

「原市、仕方ないよ」

「だってさ。いくら相手は女子《おなご》だからっておとななんだぜ。鼠《ねずみ》、猫《ねこ》、犬を容赦《ようしゃ》なく殺すんだぜ。おれたち子供《こども》が、どれだけ太刀《たち》打《う》ちできると思ってるんだよ。まいったな」

お紺《こん》が言う。

「あのね……いくら『馬琴《ばきん》先生を守り隊』だからといって、原市くんと平吉《へいきち》くんが乱暴《らんぼう》するところを見たくない」

「じゃあ、どうするんだよ」

「わたしたちは『馬琴先生を守り隊』なんだから、守ることだけを考えればいいんじゃない？　生き物にひどいことをする女の人をやっつけようなんて思わなければいいんじゃない？」

「つまり？」

原市が訊《き》くと、お紺が答えた。

「来ないように、見張《みは》るの」

「見張ってるだけじゃ、馬琴先生を守れないよ」

「あのさ……」

平吉が、そっと手を挙げる。

「……落とし穴は？」

原市とお紺が、はっとした顔をする。

「どう？」

「いいな、平吉」

「いいかもね、平吉くん」

三人が、縁側《えんがわ》に立っている曲亭《きょくてい》馬琴とわらしのほうを振《ふ》り返る。

わらしが、馬琴の袖《そで》を引っぱってくる気配がする。

「返事してあげたら？」

「なにをだ」

「落とし穴《あな》を掘《ほ》りたいって」

「どこに掘るのだ」

ここできっぱり拒否《きょひ》せず、具体的な質問《しつもん》をしてしまったことを、馬琴《ばきん》はあとで後悔《こうかい》することになる。

「ここん家《ち》の周囲」

平吉《へいきち》が答えると、原市《はらいち》がすかさず言った。

「そんなの時間がかかってしょうがないだろ」

「だって、先生を守らなきゃいけないんだよ」

「あのっ。門と玄関《げんかん》のあいだと、裏門《うらもん》と勝手口のあいだにだけ落とし穴を掘ればいいんじゃない？」

お紺《こん》が目を輝《かがや》かせながら言う。

原市も平吉もうなずいている。

さっき「どこに掘るのだ」と言った手前、頭ごなしに反対できなくなった。母親たちに「心得た」と言った手前もある。

「そ、そうか。べつにかまわんが」

いやいやというかんじで承諾《しょうだく》した。

「やったーっ！」

三人が声をあげる。

「ただ、この家に鍬《くわ》はないぞ」

「それなら、鍬があるところを知ってるよ」

父親を大工にもつ平吉が言うなり、原市とお紺を連れて走って行った。

じきに原市とお紺が鍬を一本ずつ、平吉が鍬を二本担《かつ》いでもどってきた。平吉が、二本のうち一本の鍬を、縁側《えんがわ》に立っている馬琴のほうに差し出してきた。

「えっ」

馬琴が呆然《ぼうぜん》としていると、わらしが見上げながら言った。

「表の門と玄関のあいだと、裏門と勝手口のあいだ、二か所に落とし穴を掘るんでしょ？　子供《こども》たち三人だけにやらせるつもり？　ひどくない？」

「うっ」

鍬《くわ》を差し出したまま、平吉《へいきち》が頭を下げた。

「お願いします！」

平吉のうしろにいる原市《はらいち》とお紺《こん》も頭を下げる。

「わかった、わかった。で、分担《ぶんたん》はどうなっておる？」

これは原市が決めた。

「先生はおとなだから、先生とお紺ちゃんが門と玄関《げんかん》のあいだ。おれと平吉が裏門《うらもん》と勝手口のあいだ。——で、どうですか？」

「いいだろう」

馬琴《ばきん》は、うなずかざるをえなかった。

そして、原市と平吉を勝手口のほうへ案内した。

勝手口近くに無造作《むぞうさ》に積んである筵《むしろ》を取って、一枚《まい》を原市に渡《わた》した。

「これを使え」

もう一枚の筵を手にしたまま、馬琴はわらしを連れて玄関に出た。玄関の外では、馬琴のぶんの鍬も持ったお紺が待機していた。

「まず、門を閉《し》める」

穴《あな》を掘《ほ》っているところを、近所の者に見られたくもなかったが、なにより、真琴《まこと》という女がもし見張《みは》っていたら意味がないと思ったからだ。

筵を脇《わき》に置いた馬琴は、門を閉めてから回れ右をした。

まず敷《し》き石《いし》を持ち上げて、退《ど》かさなければならなかった。

開けっぱなしの玄関の三和土《たたき》に立ったわらしは、「ふんふん」と鼻歌でも歌うように、ご機嫌《きげん》だ。両手で人形を抱《だ》きかかえている。

敷き石を退けるため、腰《こし》を下ろしながら馬琴は訊《き》いた。

「わらし、なにが楽しいのだ」

「先生が働いてる、って思って」

「わしの仕事は原稿《げんこう》を書くことだ」

「言い方、間違《まちが》えた。先生が身体《からだ》動かしてる、って思って」

「うるさいわい」

「先生、腰痛《ようつう》持ちなんだから、無理しないでね」

「なら、わらし、おまえも手伝え」

「あたしは子供《こども》だから無理。できない。だいいち、座敷童《ざしきわらし》だし」

「おのれっ」

お紺《こん》が、おそるおそる言う。

「あのっ」

「お紺も手伝わんでいい」

「ごめんなさい」

馬琴《ばきん》は、腰《こし》を痛《いた》めないように痛めないように気を使わなければならなかった。

「よっこらせ」

敷《し》き石《いし》を持ち上げ、そーっと横にずらし、置く。

急に腰を伸《の》ばすと、痛めそうなので、腰を折ったまま、同じ動作を繰《く》り返した。

わらしが家のなかを突《つ》っ切って、裏《うら》の勝手口のほうへ走っていく。

すぐにもどってきては、裏門と勝手口のあいだの穴掘《あなほ》りの進み具合を報告《ほうこく》した。

「裏のほうが作業が早いよ。もうけっこう深くまで掘ってるよ」

「それはそうだろう。裏に敷き石はないからな」

「言《い》い訳《わけ》してる」

「うるさい」

九　落とし穴大作戦！

「先生、がんばれー」

わらしが、気の抜《ぬ》けたような声で励《はげ》ましてくる。

三つの敷き石を退《ど》かしてから、そーっと腰を伸ばした。

すぐにお紺が鍬《くわ》を差し出してくる。

「ふぅ、さて、やるか」

はじめは、馬琴とお紺のふたりで土を掘っていった。

わらしが冷やかすように言う。

「裏の作業に追いついたよ。先生、がんばれー」

またも、わらしが励ましてくる。

落とし穴にするからには、人の背丈《せたけ》以上に掘らねばならず。最後は馬琴が穴のなかに入って掘らなければならなかった。

掘って出てきた土は、お紺がえっちらおっちら運び、庭の隅《すみ》に積み上げていく。

穴を掘り終わったところで、筵《むしろ》をかけ、周囲を敷き石で押《お》さえ、さらに上から土を被《かぶ》せた。

門と玄関《げんかん》のあいだだけ、土が濃《こ》く見える。いかにも穴を掘りましたといわんばかりなので、できるだけ地面をならす。

「これでいいか。わらし、裏《うら》はどうだ」

「ちょっと見てくる」

廊下《ろうか》を走っていったわらしがすぐにもどってきた。

「作業が終わってた。筵《むしろ》をかけて四隅《よすみ》を石で押《お》さえて、土を被《かぶ》せてたよ」

「お紺《こん》、裏に回って、原市《はらいち》、平吉《へいきち》といっしょに足を洗《あら》え。洗ったら、なかを通って、玄《げん》関《かん》を見張《みは》っていろ」

「はーい。——先生は？」

「ここにいて、おまえたちが足を洗ったら、交替《こうたい》する」

「行ってきまーす」

「うむ。——ん？」

振《ふ》り向くと、すでに、お紺の姿《すがた》が消えていた。

すばしこい娘《むすめ》だ……。

馬琴《ばきん》は玄関脇《わき》の柱に寄《よ》りかかった。汚《よご》れた足のまま、玄関の三和土《たたき》に入るわけにはいかなかったからだ。

裏から、子供《こども》三人の楽しそうな笑い声が聞こえてくる。

かつては馬琴も、女の子三人、男の子ひとりの父親だった。この家のあちこちから子供たちの笑い声、泣き声、妻《つま》お百《ひやく》の怒鳴《どな》り声が聞こえていたものだ。

あのころに比《くら》べれば、子供三人がいるくらい、うるさいうちに入らないのかもしれない。

だが、やはり……。

「うるさい。面倒《めんどう》くさい」

馬琴が独《ひと》り言を漏《も》らしていると、すぐうしろから、わらしの声が聞こえてきた。

「またそんなことを言って。孫みたいにかわいいくせに」

「孫がおらんから、わからんわい」

「三人とも足洗ったみたいだよ。――あっ」

「どうした」

「いつのまにかお紺ちゃんが……」

もどってきていた。

やはり、すばしこい娘だ。

お紺《こん》と入れ替《か》わるように、馬琴《ばきん》は玄関先《げんかんさき》から裏《うら》に回り、井戸水《いどみず》で足を洗《あら》った。

原市《はらいち》と平吉《へいきち》が穴《あな》を掘《ほ》ったのは、井戸のすぐ脇《わき》だ。見るかぎりは、なかなか上手に掘ってあるように思えた。

馬琴は、落とし穴を踏《ふ》まないように気をつけながら足を洗って、家のなかにもどった。

台所を経由《けいゆ》して、六畳《じょう》の居間《いま》までもどると、原市、平吉、お紺、さらにわらしの背《せ》中《なか》が見えた。

三人とわらしが並《なら》んで突《つ》っ立ち、部屋を見渡《みわた》している。

「どうした？」

馬琴が声をかけると、三人とわらしが、同時に振《ふ》り向いた。

三人とわらしは、みな、いちように脅《おび》えたような顔つきをしていた。

「どうしたのだ」

原市と平吉、お紺とわらしが左右に分かれた。

馬琴の目は、六畳間の畳《たたみ》の上に釘付《くぎづ》けになった。

畳の上には、泥《どろ》だらけの足跡《あしあと》がたくさん残っていた。

十

籠城《ろうじょう》大作戦！

「だれだ！　だれがやった！」

曲亭馬琴《きょくていばきん》が問い詰《つ》めると、原市《はらいち》も平吉《へいきち》もお紺《こん》も、そしてわらしも首を横に振《ふ》った。

馬琴は、原市と平吉のほうを見た。

「足を洗《あら》う前に、家のなかに上がり込《こ》んだのではないのか！」

すぐに原市が反論《はんろん》してきた。

「そんなことしないよ」

「嘘《うそ》をつけ！」

原市が口を尖《とが》らす。

それを見て、わらしが言った。

「先生、あの足跡《あしあと》を見てごらんよ」

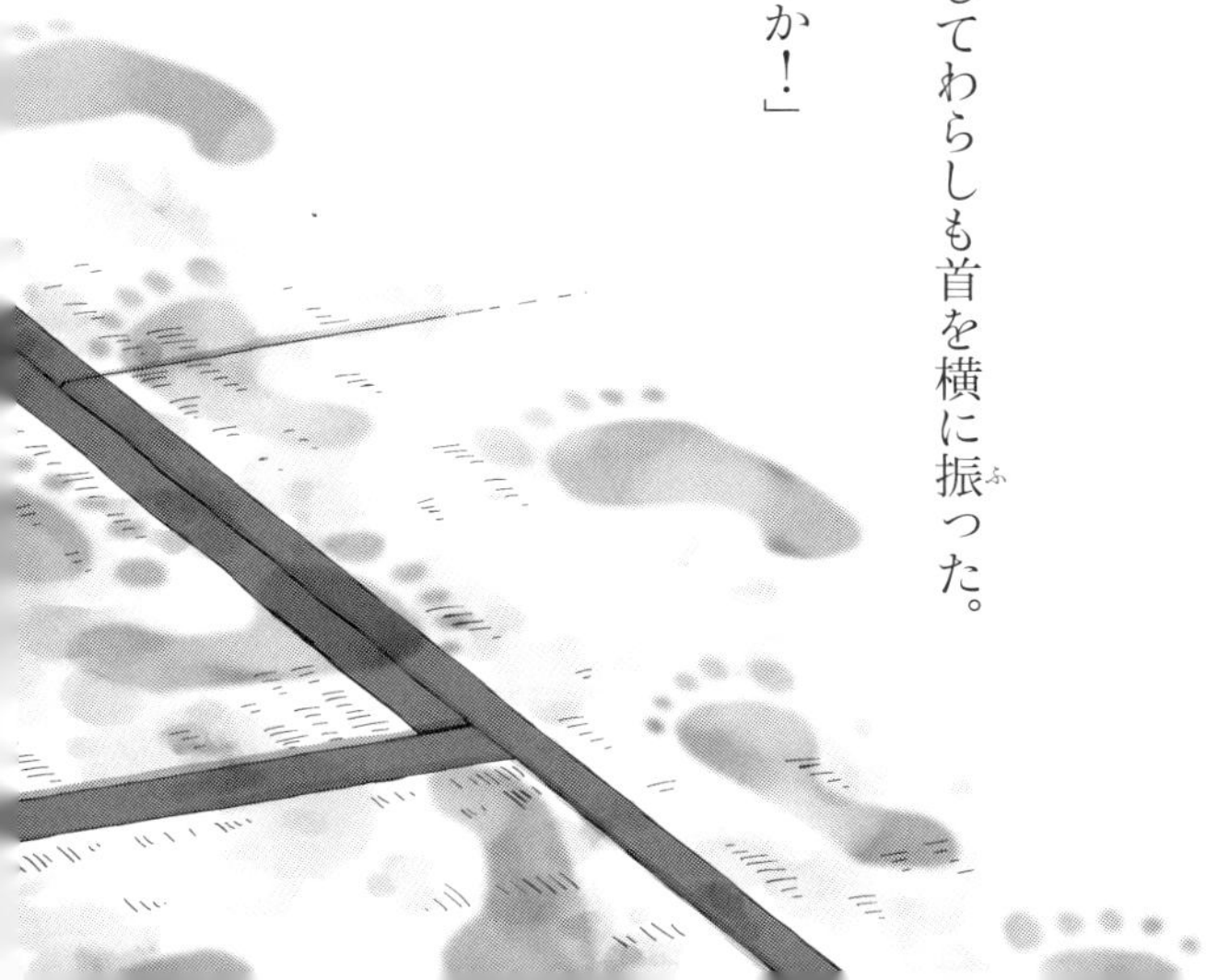

「なに!?」

「あれ、子供《こども》の足跡《あしあと》に見える?」

馬琴《ばきん》は、畳《たたみ》の上に残っている足跡と、原市《はらいち》、平吉《へいきち》、お紺《こん》の足を見比《みくら》べた。

「………」

わらしの言うとおりだった。畳《たたみ》の上に残っている足跡は、子供たちのものより大きい、おとなのものだった。もちろん馬琴の足跡でもない。馬琴の足よりも大きいくらいだ。

六畳間《じょうま》のあちこちに残っている足跡は、縁側《えんがわ》の端《はし》っこまで続いていた。

部屋のなかを歩き回り、庭に降《お》りたらしい。

六畳間にもどった馬琴は、子供たちに頭を下げた。

「すまない。怒鳴《どな》ってすまなかった」

わらしが「それでよし」というように、馬琴の脚《あし》を叩《たた》いてくる。

馬琴は、あたりを見回した。娘《むすめ》お幸《さき》がもどっている気配もない。

だとすると、足跡の主《ぬし》は……。

「やはり、あの……」

真琴《まこと》という女なのか。

馬琴のそばに立っているわらしが腰《こし》を曲げ、畳の上の足跡に顔を近づける。

「ん？」

小さな鼻をひくひくさせる。

「あ、この匂《にお》い……」

「なんだ？」

馬琴もしゃがんで、足跡の匂いを嗅《か》いだ。

「これはっ」

かすかだが、白檀《びゃくだん》の匂いがしたのだ。

真琴という女が、この家に入り込《こ》んだのだ。

だが表の門と玄関《げんかん》のあいだには馬琴とお紺がいたし、裏門《うらもん》と勝手口のあいだには原市と平吉がいた。

表と裏の出入り口からは入ってこられないはずなのだ。

馬琴は、子供たち三人とわらしに訊《き》いた。

「それらしい女、いや、女の人を見たか？」

三人とわらしは首を横に振《ふ》る。

返事はおよそ予想できた。

「わしが足を洗《あら》いに、裏《うら》に回っているあいだ、お紺《こん》はどこにいた。玄関《げんかん》から離《はな》れたりしなかったか」

「わたし、ずっと玄関にいました。先生、わたしのこと、信用してくれていないんですか？」

お紺は口を尖《とが》らせた。

「すまん、すまん。疑《うたが》っているわけではないのだ」

「疑ったじゃないですか」

「うっ」

わらしが、自分が抱《だ》いている人形をうしろから操《あやつ》り、馬琴《ばきん》とお紺の顔を交互《こうご》に見上げさせる。

「仲良くしてね」

その場の空気が和《なご》む。

さらに、わらしが独《ひと》り言のように言う。

「でも、真琴《まこと》っていう女の人は、どうやって家のなかに入ったのかしらねえ」

「座敷童《ざしきわらし》のわらしでもわからないのか」

馬琴が訊《き》くと、わらしははっきり答えた。

「座敷童であることと、来客を見た見ないは、はっきり言って関係ないと思いますけど」

「そ、そうだな。とにかく、この足跡《あしあと》を雑巾《ぞうきん》で拭《ふ》いて、きれいにしようではないか」

「はーい！」

子供《こども》たち三人は元気よく返事をすると、さっさと勝手口のほうへ走った。

原市《はらいち》と平吉《へいきち》が井戸へ走り、お紺が雑巾を見つけると、三人でいっせいに拭き掃除《そうじ》をはじめた。

ふだんから、家でよく手伝いをしている証拠《しょうこ》だ。

拭き掃除を終え、雑巾を片付《かたづ》けたところで、原市が宣言《せんげん》をした。

「われわれ『馬琴先生を守り隊』は、これより籠城《ろうじょう》作戦に入る！」

馬琴は、あわてた。

「ろ、籠城!?　籠城するだと？」

原市《はらいち》が代表して答える。

「さっき掃除《そうじ》をはじめる前に、勝手口のところで相談したんです」

「なにをだ」

「その真琴《まこと》とかっていう女の人は、いつ入ってくるかわからない、油断《ゆだん》も隙《すき》もない人なんです」

「そのとおりだ」

「こうなったら、お遊びじゃなく、ちゃんとそばにいて、先生のことを守ろう、って」

「気持ちはうれしいのだがな」

やんわり断《ことわ》ろうとしたのだが、子供《こども》三人の気持ちは変わらなかった。

さらに原市がつづける。

「ということで、先生」

「なんだ」

「先生とこの家は、おれたちが守りますから、先生は安心して二階で原稿《げんこう》を書いていてください」

「けっして安心はできんが……わかった、すまん、お言葉に甘《あま》えて原稿を書かせてもらう。——と言うとでも思ったか」

「え〜。心配しないでくださいよ〜」

平吉《へいきち》が甘えたような口調で言う。

お紺《こん》も胸《むね》を張《は》って言う。

「だいじょうぶですから」

馬琴《ばきん》が返事に窮《きゅう》していると、わらしが見上げながら言った。

「先生、安心して。あとは、子供たちに任《まか》せて」

「安心できないから任せられないのではないか」

「いいから、いいから。なんでも自分でやらないと気が済《す》まない人ってことはよくわかってますけど」

馬琴は、自分が出す本すべて、漢字のふりがな、表紙、目次、口絵、挿絵《さしえ》にまで口出しをすることを、わらしは言っているのだ。

「わかったら、ほら、二階で原稿を書いててください」

「うぬ」

馬琴は渋々《しぶしぶ》二階につづく階段《かいだん》を上がった。

木箱を避《よ》け、積んだ和書を搔《か》き分け、文机《ふづくえ》の前に腰《こし》を下ろした。墨《すみ》を擦《す》りはじめたものの、ずっと一階のほうへ聞き耳を立てていた。

娘《むすめ》お幸《さき》がいたら、子供《こども》たちを見張《みは》らせることもできる。だが、お幸がいたら、子供たちを呼《よ》ぶこともなかったわけで。

馬琴は、文机の前を離《はな》れると、小部屋を抜《ぬ》け、階段《かいだん》の上まで近づいてしゃがみ、聞き耳を立てた。

原市《はらいち》の声が聞こえてくる。

――「お紺《こん》ちゃん、わらしちゃんといっしょに、ちょっと留守番してて！　すぐもどってくるから！　平吉、行くぞ！」

――「合点承知之介《がってんしょうちのすけ》！」

平吉《へいきち》の声につづき、お紺《こん》の声が追いかける。

――「出るとき、落とし穴《あな》に落ちちゃダメよ！」

すぐに下駄《げた》の音が聞こえてくる。

原市と平吉が、どこかに出かけていったらしい。

しばらく物音は聞こえてこなかったが、しばらくするとお紺とわらしの声が聞こえてきた。
──「お紺ちゃん、見張《みは》り、ひとりでだいじょうぶ？」
──「うん、表門と玄関《げんかん》のあいだ、裏門《うらもん》と勝手口のあいだには落とし穴があるから、縁側《えんがわ》だけ見張っていればいいって」
お紺の声のほうが遠い。
お紺は縁側、わらしは階段下あたりにいるらしい。
──「わらしちゃんのこと、わたしたちには見えるけど、おとなの人には見えないのよね？」
──「うん」
──「なんで、先生は見えるの？」
──「先生は、目が弱くなっているから、とか、歳《とし》だから、とか言ってるけど、たぶん、ちがうと思う」
──「なに？」
──「子供っぽいからだと思う」
──「先生、ちょっと、そういうところあるかも」

——「ちょっとじゃないよ。おおいにあるわよ。あははは」

わらしにつづいて、お紺《こん》も笑う。

馬琴《ばきん》は、階下に向かって怒鳴《どな》った。

「笑うな！」

一瞬《いっしゅん》の沈黙《ちんもく》のあと、笑いを噛《か》みころしながら、わらしが言う。

——「だから、そうやって怒鳴ったりするところが子供《こども》っぽいんだよ。ねえ、お紺ちゃん」

——「うふふ」

「あのなあ」

階段《かいだん》を下りようと、足を前に出しかけたときだった。

——「ただいまあ！」

——「重い、重い！」

原市《はらいち》と平吉《へいきち》の声が聞こえてくる。

なんだ？

馬琴が階段を下りて見ると、庭に立った原市と平吉が麻袋《あさぶくろ》をひっくり返し、小石を広げているところだった。

「なにをしているのだ」

馬琴が訊《き》くと、庭に立つ原市が答えた。

「これ敷《し》いとくと、足音するから」

「そんな小石、いったい、どこから持ってきたのだ」

これには、平吉が答えた。

「うちのとうちゃんの工事現場からもらってきたんだ」

「もしや、黙《だま》って持ってきたのではないだろうな」

「ちゃんと断《ことわ》ったよ」

小石を敷き詰《つ》め終わって、庭から縁側《えんがわ》に上がった原市が、馬琴に言った。

「馬琴先生は二階から下りちゃダメですよ」

平吉もうなずく。

「そうですよ。おれたちは『馬琴先生を守り隊』なんですから」

「ほらほら」

お紺が近づいてきて、馬琴の腕《うで》をとる。

「二階に上がっててください」

さらに、わらしが馬琴《ばきん》の背中《せなか》を押《お》すしぐさをする。

「わかった、わかった」

原市《はらいち》が、平吉《へいきち》とお紺《こん》に号令をかける。

――「玄関《げんかん》と勝手口の様子がわかりそうなところにお紺ちゃんはいて。敵《てき》が落とし穴《あな》に落ちたら教えてくれる？　平吉は、おれといっしょに縁側《えんがわ》だ。わらしちゃんは階段《かいだん》の下にいて」

やけに張《は》り切っているから、水を差さないよう、放っておこうと思った。

まだ夕方になっていないので、書斎《しょさい》には日の光が差し込《こ》んでいる。

文机《ふづくえ》にすわった馬琴は、ふたたび墨《すみ》を擦《す》りはじめた。

墨を擦ったからといって、すぐに原稿《げんこう》が書けるわけではない。

静かなる助走の時というものが必要なのだ。

ところが、いまの家のなかはどうだ。

馬琴の苦手な、いや、嫌《きら》いな子供《こども》が三人もいるのだ。

静かにしていたとしても、居《い》るだけでうるさく感じるものなのだ。

「そんなに、わたしたち子供って、うるさい？」

いきなり背後《はいご》で声がした。

「ひっ」

わらしだ。

「またも、人の心を読みおってからに」

次の瞬間《しゅんかん》――。

書斎の小さな窓《まど》から差し込んでいた光がやんだ。

書斎のなかが一気に暗くなる。

「ん？　なんだ？」

「暗いね」

わらしも、心配そうに顔をあげる。

「うむ。暗いな」

馬琴が書斎のなかを見回したときだった。

――「きゃーっ！」

お紺の悲鳴が響《ひび》きわたった。

十一

読者、現《あらわ》る

「なにごとだ」

曲亭馬琴《きょくていばきん》が言うと、二階の書斎《しょさい》に続いている小部屋を抜《ぬ》けたわらしが、両手で人形を抱《だ》きしめながら、一段《だん》一段、階段を下りはじめた。

馬琴もつづいた。

だが最後まで階段を下りることができなかった。階段の下に、わらしが突《つ》っ立っていたからだ。

「どうした」

「あれを見て」

馬琴が下りると、わらしは場所をゆずった。

居間の六畳間《じょうま》の畳《たたみ》の上には、またも泥《どろ》だらけの足跡《あしあと》が無数に残っていた。

十一　読者、現る

原市《はらいち》と平吉《へいきち》は、馬琴とわらしから見て右側の縁側《えんがわ》に立って、居間《いま》の畳のほうを見ている。

左側の台所の出入り口あたりに立っているお紺《こん》は、両手を口のあたりに持っていっている。目が脅《おび》えきっている。

平吉が言った。

「せっかくきれいにしたばかりなのに」

すぐに原市が突《つ》っ込《こ》むように言う。

「そういう問題じゃないだろ」

「そうだった」

平吉が頭を掻《か》く。

馬琴が口を開こうとすると、先に原市が言った。

「おれと平吉がこの縁側に立って見張《みは》っていた隙《すき》なんだ」

お紺が小声で言う。

「わたし、勝手口のほうを、見てたの」

馬琴はため息をついた。

「はあ」

さらにつづける。

「つまり、見張《みは》っていたが、目を離《はな》した隙《すき》に、あの女に入られたということか」

目の前にいるわらしが振《ふ》り向いて、睨《にら》み上げてくる。

「そんな言い方しないの。三人とも、先生を守りたい一心で『馬琴先生を守り隊』を結成しているんだから」

「でも、先生、ごめんなさい。見張っていたのに」

原市《はらいち》が頭を下げると、平吉《へいきち》が眉《まゆ》をひそめながら首をかしげた。

「でもさ、目を離したの、ほんの一瞬《いっしゅん》だよ。庭は通らなかったよ。砂利《じゃり》を踏《ふ》んだような音もしなかったし」

お紺《こん》も思い出しながら言う。

「勝手口も通らなかったよ」

馬琴は、残るひとつの出入り口のほうを見た。

「とすると、残るは……」

原市、平吉、お紺、わらしも同じほうを見る。

十一　読者、現る

玄関《げんかん》だ。

わらしが、玄関につづく廊下《ろうか》を歩いて行く。

「足跡《あしあと》、あるよ。往復《おうふく》、ある」

「なに!?」

「門から入って、落とし穴《あな》を飛び越《こ》えて、玄関に入って、それから廊下を歩いて、居間《いま》を歩きまわって、また廊下、玄関、門って……」

原市、平吉、お紺が顔を見合わせる。

原市が言う。

「そんな、ありえないよ。短い間だったのに」

わらしが廊下をもどってきながら言う。

「でも足跡が証拠《しょうこ》だよ」

お紺が言う。

「わたしが気づかなきゃいけなかったんだ。ごめんなさい」

謝《あやま》りながらも、お紺は首をかしげる。

「でも、ほんのちょっとの間だった」

馬琴《ばきん》は、足跡《あしあと》を見下ろしながら、独《ひと》り言を言った。

「なぜ、足跡などを残して出ていったのだ」

「そりゃ」

わらしだ。

「先生へのいやがらせですよ」

「なんだと?」

「先生が『南総里見八犬伝《なんそうさとみはっけんでん》』の続きを早く書かないから」

「みんな、おとなしく待ってくれているのだ。なにゆえ、あの女だけが……」

「それだけ、先生の『南総里見八犬伝』が好きってことですよ」

「ひとりのためだけに書いているわけではないわい」

馬琴がぷいっと視線《しせん》をそらすと、わらしがあわてて言った。

「あっ、先生、ごめん」

馬琴は視線をもどした。

「わらしも、そうやって、あわてて謝《あやま》ることがあるのだな」

「先生、ひどい」

十一　読者、現る

「そんなことより」

「なにが、そんなことより、よ」

「この足跡だが」

「無視《むし》すんの？」

ふたりのやり取りを聞いていたお紺《こん》があわてたように言う。

「掃除《そうじ》！　掃除しなきゃ！」

お紺の言葉につられて、原市《はらいち》と平吉《へいきち》も動こうとする。

「やめておけ」

馬琴が止めると、三人は口をぽかんと開けたまま動きを止めた。

原市が細い目をしばたたかせて、訊《き》いてくる。

「どうして、ですか？」

「あの女は、いちど汚《よご》した畳《たたみ》がきれいになったから、また汚したくなったのではないか。ならば、掃除などしないほうがいい。いいか、このまま見張《みは》っているのだ。わしは書斎《しょさい》にもどる」

そう言って馬琴が二階に上がろうとしたとき――。

どん！

大きな音がして、家が揺《ゆ》れた。

「えっ」

大風か。

それとも地揺れか。

ひと月ほど前の五月、大風雨があり、鉄砲水《てっぽうみず》が起きている。この飯田町《いいだまち》あたりはだいじょうぶだが、大川《おおかわ》（隅田川《すみだがわ》）周辺の地面の低いあたりは被害《ひがい》が出たと聞く。

一階の天井《てんじょう》から埃《ほこり》が、ばらばらと落ちてきた。

どん！　どさっ！　ばさっ！　がちゃん！

二階の、きっと書斎《しょさい》から大きな音が聞こえてくる。

「なっ」

ちゃんと言葉にならない。

なにごとなのだ！

真っ先に二階に駆《か》け上がろうとするわらしの顔の前に手を出して制《せい》した馬琴《ばきん》は、おそるおそる二階に上がっていった。

十一 読者、現る

二階に上がる途中《とちゅう》で、大きな音はやんでいた。

「ん？」

階段《かいだん》の途中で、馬琴は足を止めた。振《ふ》り向くと、小さな鼻をしかめているわらし、やはり鼻をしかめているお紺《こん》がつづいている。

さらに、そのうしろに原市《はらいち》、平吉《へいきち》がつづいている。

わらしとお紺が鼻をうごめかしているように、たしかに、かすかに異臭《いしゅう》がする。獣《けもの》臭《くさ》いとでもいうか……。

娘《むすめ》お幸《さき》が鼠《ねずみ》、猫《ねこ》、犬を庭に埋葬《まいそう》したからなのか。

馬琴は、ふたたび階段を上がりはじめた。

だが階段を上がりきる前に、ふたたび足を止めることになってしまった。

「これはっ！」

小部屋越《ご》しに見える書斎《しょさい》がぐちゃぐちゃに荒《あ》らされているのだ。

積み上げていた木箱が倒《たお》れている。

馬琴は階段を上がりきると、小部屋を抜《ぬ》け、もういちど書斎を見回した。

「なんだ、これはっ！」

馬琴《ばきん》は目を見開いた。

木箱が倒《たお》れまくっているだけではない。

文机《ふづくえ》の上の紙が破《やぶ》れ、硯《すずり》がひっくり返り、墨《すみ》が散っている。

さらに書斎《しょさい》を見回した。

地揺《じゆ》れがしたが、地面が揺れた天変地異《てんぺんちい》ではない。この書斎の木箱が落ちるなどしたから家が揺れたのだ。

落ちた、いや、ちがう。

だれかが落としたのだ。書斎をめちゃくちゃに荒《あ》らしたのだ。

さきほどの泥《どろ》の足跡《あしあと》といい、真琴《まこと》という女にちがいない。

だが書斎には、だれもいない。

どこに隠《かく》れたのだ。

馬琴は、書斎のなかを、きょろきょろ見回した。

馬琴の心を読んだわらしも言う。

「どこにもいないね」

「うむ」

十一　読者、現る

「あっ！」

「ああっ！」

わらしとお紺《こん》が、ほぼ同時に声をあげて、ある方向を指差した。

書斎にある小さな窓《まど》が開きっぱなしになっている。

だが、木箱が散乱《さんらん》しているため、すぐには近づけない。

「先生、あの窓から外に出たの？」

わらしが訊《き》いてくる。

「おそらくな」

「でも、ここ二階だよ」

「いや。二階から屋根伝いに逃《に》げることはできる」

馬琴は、はっと思い出して言った。

「全員で二階に上がってどうする。一階を見張《みは》れ！」

「わかった！　平吉《へいきち》、下りろ！　お紺ちゃんも！」

返事をするなり、原市《はらいち》が平吉とお紺に声をかけ、三人で一階に下りる。

書斎を見回し、ため息をついた馬琴に、わらしが言う。

「こんなにぐちゃぐちゃにしたら、先生、原稿《げんこう》を書けないのにね」

「ただの嫌《いや》がらせだ」

「ふぅん」

「あの真琴《まこと》という女は、もう『南総里見八犬伝《なんそうさとみはっけんでん》』の続きなど、どうでもいいのだ。自分の望みどおりにならないから怒《おこ》って、わしを困《こま》らせようとしているだけなのだ」

「そういうの、逆恨《さかうら》みっていうんだよね」

「そうだ。——片付《かたづ》けよう」

すると、わらしが馬琴《ばきん》の着物の袖《そで》をひっぱるしぐさをする。

「なんだ」

「二階の足跡《あしあと》と同じだよ」

「ん？」

「きれいにしても、また、ぐちゃぐちゃにされるのがオチだよ」

「それもそうだが。二階を見張《みは》るためにも、わしの居場所《いばしょ》を作らねばならんからな」

そう言うなり馬琴は、小部屋を抜《ぬ》けて書斎《しょさい》に入ると、木箱を起こし、散乱《さんらん》した和書を集めては入れはじめた。

十一　読者、現る

これらの和書は、すべて、きれいに分野ごとに整理していたのだ。

だが、いまは、とりあえず木箱にもどすので精一杯《せいいっぱい》だった。

とうてい全部を片付けることはできず、ひとまず階段《かいだん》上から小部屋を抜け、文机《ふづくえ》まで通れるようにした。

「おーい！　だれか！　雑巾《ぞうきん》を持ってきてくれ！」

――「はーい！」

お紺《こん》の声がした。

かと思うと、お紺がすぐ目の前に立っていた。

いつの間に階段を上がったのだ……。

「はい、雑巾」

「あ、ありがとうな」

お紺がにっこり笑ってから、階段を下りていく。

畳《たたみ》の上、散らばった和書に散ってしまった墨《すみ》は仕方がない。

文机の上の墨をできるだけきれいに拭《ぬぐ》い取った馬琴は、座布団《ざぶとん》に腰《こし》を下ろそうとして動きを止めた。

座布団《ざぶとん》にも墨《すみ》がたくさんぶちまけられていたからだ。

「くそっ。——よっこらせ」

馬琴《ばきん》が、座布団を乾《かわ》かすため、持ち上げようと腰《こし》を曲げかけて止めた。もういちど、ゆっくりと曲げる。

そのとき一階から、原市《はらいち》と平吉《へいきち》の叫《さけ》び声が聞こえてきた。

——「うわっ！　痛《いた》っ！」

——「痛っ！　やめろ！」

つづけて——。

——「きゃーっ！」

お紺《こん》の悲鳴が聞こえてきた。

十二 正体を現《あらわ》す！

こんどは、なんなのだ。

曲亭馬琴《きょくていばきん》は立ちすくんだ。

「先生、怖《こわ》いんでしょ。あたしが先に行くね」

わらしが、先に階段《かいだん》を下りていく。

いちばん下まで行き着く前に、目の前に平吉《へいきち》が横合いから飛んできて、馬琴の足下《あしもと》に転がった。

次の瞬間《しゅんかん》、馬琴の右側奥《おく》にいた原市《はらいち》がやはり飛んで、縁側《えんがわ》に転がった。

さらに平吉と原市の身体《からだ》が、そのまま右に左にごろんごろん転がる。

ようやく立ち上がったふたりが、なにかから、走って逃《に》げる。

逃げ足の速い原市は、すぐに身体が横に吹《ふ》き飛ばされた。

逃《に》げ足の遅《おそ》い平吉《へいきち》は、転がされる原市《はらいち》を見て、おそるおそる反対方向に逃げようとした。

だが、ばたりと前のめりに倒《たお》れると、身体《からだ》がうしろに退《さ》がっていく。まるで足首をつかまえられて引きずられるように、だ。

いったい、平吉の身体に、なにが起きているのだ。

馬琴《ばきん》は、ふたりに声をかけた。

「なにをしているのだ」

「わからないよ！」

平吉につづいて原市が叫《さけ》ぶ。

「だれかに飛ばされているんだよ！」

だが……。

「だれもいないではないか」

「いるよ！」

原市と平吉が声を合わせる。

「きゃっ！　……きゃっ！　……」

十二　正体を現す！

台所近くでは、お紺《こん》が右に左に身体を避《よ》けながら、悲鳴をあげている。

お紺の動きは……速いというよりも……身体を動かしている姿《すがた》が見えないのだ。

瞬間移動《しゅんかんいどう》……しているようにしか見えない。

なぜだ……ありえない……。

だが、この家のなかに、馬琴、わらし、原市、平吉、お紺以外に、だれがいるというのだ。

いるとしたら真琴《まこと》という女しか考えられない。

だが、それらしき女はどこにも見えないのだ。

こんなことがあるというのか。

馬琴が首をひねっていると、わらしが振《ふ》り仰《あお》ぐ。

「先生……」

両手で抱《だ》いた人形の右手を握《にぎ》って、馬琴の着物をつんつんしながら声をかけてくる。

「な、なんだ」

「いる」

わらしの声が小さく震《ふる》えている。

「は？」

「先生、見えないの？」

「なにがだ」

「いるんだよ」

「だれがだ」

「女の人」

「えっ」

「たぶん、真琴《まこと》っていう女の人だと思う」

馬琴《ばきん》がわらしと話しているあいだにも、原市《はらいち》と平吉《へいきち》は右に左に転がされ、お紺《こん》は瞬《しゅん》間移動《かんいどう》しながら避《よ》けている。

するとーー。

どこからか女の声が聞こえてきた。

ーー「曲亭《きょくてい》馬琴は見えないのかい」

「だれだ！」

ーー「わたしだよ」

十二　正体を現す！

「だから、だれだ！」

――「その目を、よーく開けて見てごらんよ」

「見えん」

――「仕方がないねえ」

「なに？」

――「なら、これでどうだい？」

畳《たたみ》の上を転がされながら、原市と平吉が叫《さけ》ぶ。

「先生！　あれ！」

原市と平吉のあいだを、真っ赤な着物を着たひとりの若《わか》い女が行ったり来たりしているのが、かすかに見えた。

はっきりと見えるわけではない。かすかに、なのだ。

――「やっと見えたようだね。ふふふ」

わらしも訊《き》いてくる。

「見えた？」

「見えた。わらしは、はじめから見えていたのか」

「うん。お紺《こん》ちゃんも見えてるから避《よ》けることができてるの。でも原市《はらいち》も平吉《へいきち》も先生も見えていないの」

「女には見えて、男には見えないのか」

「ちがうと思うけど」

「だったら、なんなのだ」

ときどき、かすかに見えていた女が、いきなり馬琴《ばきん》のほうに向かってきた。

「あっ」

わらしが小さな叫《さけ》び声をあげたときには、馬琴はなにかにぶつかられた。

さらに気づいたときには階段《かいだん》下の壁《かべ》に背中《せなか》をしこたまぶつけて、尻《しり》から落ちた。

「痛《いた》たたた」

馬琴は、腰《こし》をさすった。

よろよろと立ち上がりながら、首をかしげた。

なんだろう、この感触《かんしょく》は。

人がぶつかってきたかんじではないのだ。圧力《あつりょく》はあるが、相手の感触がないとでもいうのか。

しかも、かすかに異臭《いしゅう》がする。

さっき二階で嗅《か》いだ獣《けもの》のような臭《にお》いがするのだ。

女の声がする。

――「わたしがだれかわかったかい」

「真琴《まこと》という女か」

――「そうだよ」

「なぜ、こんなことをする」

――「おまえが『南総里見八犬伝《なんそうさとみはっけんでん》』の続きを書かないからだよ」

「書いているではないか」

――「遅《おそ》いんだよ。読み手は、みんな、待ちくたびれているのさ」

「みんな、待ってくれているぞ」

――「それは書き手の勝手な願望だろ。みんな、口に出さないだけなのさ。だから、わたしがみんなのかわりに言っているのさ」

「だからといって、書き手の家に手紙を持ってきたり」

返事をしない。

十二　正体を現す！

「続きを書いてきたり。書いていることはめちゃくちゃだったが」

なにも言わないが、顔は怒《おこ》っている。

「鼠《ねずみ》、猫《ねこ》、犬の死骸《しがい》を置いていったり」

――「ふっ」

「土足で上がり込《こ》んだり、部屋を荒《あ》らしたり」

――「ふふっ」

「子供《こども》に乱暴《らんぼう》したり、することはないではないか」

――「曲亭馬琴《きょくていばきん》、ぜんぶ、おまえが悪いのだ」

「なにっ⁉　逆恨《さかうら》みだろうが！」

――「逆恨み？　自分が書かないことを棚《たな》に上げて。こうしてくれる！」

いったん少しうしろに退《さ》がった女が睨《にら》みつけてくる。

馬琴は「女か」と言っているが、その姿《すがた》がはっきり見えているわけではない。かすかに見えている程度《ていど》にすぎない。

馬琴は、視界《しかい》の端《はし》を見た。

右は階段《かいだん》、左は壁《かべ》。うしろも壁。とっさの逃《に》げ場がない。

女が、正面から迫《せま》ってくる。

女は、馬琴《ばきん》をもういちど、うしろの壁《かべ》にぶつけるつもりなのか。自分と壁のあいだに馬琴を挟《はさ》むつもりなのか。

女が迫ってくる。

来る!

六尺《しゃく》(約一・八メートル)……五尺(約一・五メートル)……四尺(約一・二メートル)……三尺(約九十センチ)……二尺(約六十センチ)……一尺(約三十センチ)……。

ぶつかる!

女の顔が、目の前一尺(約三十センチ)のところで止まった。

これまでより、女の顔がはっきり見えた。

はじめて訪《たず》ねてきたとき、娘《むすめ》お幸《さき》がこう言っていた。

――「きれいな女性《ひと》よ」

それは、まちがいない。

細面《ほそおもて》、色白。明るい顔立ちではなく、ちょっと陰《かげ》のありそうな美人だ。

だが……。

きれいかもしれないが、いまは怒《いか》りを露《あら》わにしているから、般若《はんにゃ》のようにしか見えない。

その女の黒目が動いた。右に左に動く。自分のうしろを見ようとしている。

――「つ、か、ま、え、た！」

わらしの声が聞こえた。

動きの止まった女の真うしろに、わらしがいるのだろう。わらしは人をつかむことができないはずなのだが……。

女の真うしろだけではなく、馬琴《ばきん》から向かって右側奥《おく》には四つん這《ば》いになっている原《はら》市《いち》、手前には尻餅《しりもち》をついた平吉《へいきち》、そして左側にはお紺《こん》が目を見張《みは》って突《つ》っ立っている。

女の全身も目に入ってきた。

柄《がら》の入っていない、真っ赤な着物姿《すがた》だ。

原市と平吉とお紺が、ほぼ同時に、わらしのほうを指差した。

なんだ？

わらしの楽しそうな声が聞こえてきた。

十二　正体を現す！

「先生、これ、見て、見て！」

馬琴は、女のうしろをそっと覗《のぞ》き込《こ》んだ。

なにかが、右に見え、左に見え、している。

わらしが、人形を抱《だ》いていないほうの右手でつかんだものを右に左に動かして、馬琴に見せようとしているのだ。

わらしの手は人に触《ふ》れることはできないが、妖怪《ようかい》に触れることはできるらしい。

わらしがつかんだものは……。

大きく、ふさふさとした、尻尾《しっぽ》だった。

地は茶のようだが、先っぽが黒い、狸《たぬき》の尻尾だった。

十三

馬《ば》琴《きん》先生、妖《よう》怪《かい》です！

た、たつ、狸《たぬき》、だと！

曲亭《きょくてい》馬琴の心を読んだわらしが叫《さけ》ぶ。

「馬琴先生、妖怪です！」

たしかに、妖怪、化けものだ。

人だと思っていたら、化け狸だったのだから。

そのとき馬琴は合点がいった。

さきほどから家のなかが、どこか獣臭《けものくさ》かったのは、庭に埋《う》めた鼠《ねずみ》、猫《ねこ》、犬のせいではなかったのだ。

この化け狸の獣臭《けものしゅう》だったのだ。

そもそも動物が嫌《きら》いな馬琴だが、妖怪となると心持ちも変わってくる。怖《こわ》いというのではない。悪さをする妖怪ならば怒《いか》りも湧《わ》いてくる。

本性を現《あらわ》しはじめた女が口を開く。

「ばれたのなら、仕方ない」

「先生！　そこから逃《に》げて」

わらしが声をかけてくる。

正直、足がすくんでいた。

わらしが近づいてくるや、馬琴の腕《うで》をつかんでくる。

「速く！」

ほんとうは感触《かんしょく》がないはずだが、わらしが右手でつかんできたように思えた。

階段《かいだん》下から六畳間《じょうま》に移《うつ》ると、女、いや、化け狸も振《ふ》り向いた。

原市《はらいち》、平吉《へいきち》も立ち上がって馬琴のうしろに隠《かく》れる。台所のそばにいるお紺《こん》は、そのまま動けないでいる。

女の美しい顔立ちが、ますます般若《はんにゃ》のようになったかと思うと、その顔に徐々《じょじょ》に毛が生えはじめた。

原市も平吉も、お紺も、そしてわらしも声を出せないでいる。

だれかが、ごくりとつばを飲みこむ音がする。

女の眼球《がんきゅう》は大きく丸く黒くなり……目の周りが黒くなり……。

鼻が伸《の》びて、黒くなり……。

髪《かみ》は短くなり……。

耳は頭の上に移動《いどう》して先が尖《とが》り……。

真っ赤な着物を着た狸《たぬき》が出現《しゅつげん》した。

背丈《せたけ》は人のおとなより少し大きい程度《ていど》だが、横幅《よこはば》はかなり大きい。

狭《せま》い階段《かいだん》を上がろうとするとつっかえてしまうかもしれないほどだ。

ひとりの女が大きな狸になったのに、着物がはち切れていないのが不思議だった。

狸、いや、化け狸が、じろりと睨《にら》みつけてくる。

人のように、白目と黒目があれば、心を読みやすいが、黒目だけだと、じつにわかりにくい。

全身が、ぞわっとした。

うしろにいる原市と平吉も、身体《からだ》をぶるっと震《ふる》わせている気配が伝わってくる。

馬琴《ばきん》は化け狸に言った。

十三　馬琴先生、妖怪です！

「狸だったか」

「…………」

化け狸は返事をしない。

「狸も書を読むのか。たいしたものだな」

こんどは冷やかすように言った。

「…………」

やはり返事がない。

「だが、わしは狸のために『南総里見八犬伝《なんそうさとみはっけんでん》』を書いているわけではないぞ」

やや間があってから、化け狸の声が聞こえてきた。

「黙《だま》れ！」

声が変わっていた。さきほどまでの般若顔《はんにゃがお》の女の声ではなかった。

太く大きな声だ。だが、その声は、耳から入ってくるというよりも、聞いている者の身体《からだ》の奥底《おくそこ》から響《ひび》いてくるような声だ。吐き気《はけ》さえもよおすような声だ。

「曲亭《きょくてい》馬琴、早く『南総里見八犬伝』を書け！　出せ！　出さぬか！」

「ならば、わしの邪魔《じゃま》をするな」

「わらわは、ここを動かん！」

「いますぐ、失《う》せろ」

「断《ことわ》る！」

言うなり、化《ば》け狸《だぬき》が口を閉《と》じ、うなりはじめた。

「ぬぬぬぬぬ！」

なんだ……。

足下《あしもと》からわらしの声が聞こえてくる。

「先生、なんか厭《いや》な予感がする」

「わしもだ」

「逃《に》げたほうがいいよ」

「怖《こわ》くて、動けん」

「え～」

そのとき――。

うなっていた化け狸の全身の毛が逆立《さかだ》ったかと思うと、それらの毛が四方八方に飛び散った。

……！

わらしの声がした。

――「逃《に》げて！」

無理じゃ。

――「伏《ふ》せて！」

無理じゃ。

両足首に違和感《いわかん》を感じたと思ったら、そのまま後ろ向きに、どうと倒《たお》れた。

足首にわらしがしがみついているのが見えた。

馬琴《ばきん》の視界《しかい》には天井《てんじょう》が広がっているはずだが、すぐ目の前を飛んでいる無数の毛しか映《うつ》らなかった。

――「平吉《へいきち》、逃げろ！　痛《いて》てっ、痛てっ」

――「原市《はらいち》、逃げられないよ！　ああ、ちくちくする！」

――「ああん！　もう！　ふたりとも、ちゃんと逃げて！」

馬琴は首を動かした。

六畳間《じょうま》から台所のほうへ逃げた原市と平吉は、化《ば》け狸《だぬき》の毛に襲《おそ》われて逃げまどっている。着物にはたくさんの毛が刺《さ》さっている。

お紺《こん》は、瞬間移動《しゅんかんいどう》しながら、上手に逃げている。

と思ったら、目の前に化け狸の顔が迫《せま》ってきて、視界を塞《ふさ》いだ。

「寝《ね》たら、逃げられまい！」

化け狸の毛がふたたび、ざっと総毛立《そうけだ》つ。

――「先生！　あぶない！」

わらしの声が足下《あしもと》から聞こえた。

そのときだった。

化け狸の表情《ひょうじょう》が固まった。

いきなり原市の声が聞こえた。

「これでも食らえ！」

言い終わらないうちに、化け狸の全身に白い粉のようなものが、なんどもなんども降《ふ》りかかった。

馬琴の顔にも降ってきた。

口に入った。しょっぱい。

塩だ。

視界《しかい》の端《はし》に、塩壺《しおつぼ》を小脇《こわき》に抱《かか》えている原市《はらいち》と、その隣《となり》に立つ平吉《へいきち》が見えた。

塩壺は、片手《かたて》でつかめないくらいの大きさの、太い茄子《なす》みたいな形をした茶色い陶器《とうき》だ。茄子のへたみたいな形の取っ手がついた白い蓋《ふた》ははずされている。

原市だけでなく、平吉も塩壺に手を入れ、つかんだ塩を化け狸《ばだぬき》に向かって投げつけている。

お紺《こん》は、台所の隅《すみ》でこわばった顔で立ちすくんでいる。

——「きゃ！」

わらしの悲鳴が聞こえてきた。

しがみつかれていた足首から、わらしの手の気配がなくなった。

わらしも塩が苦手で、逃《に》げたらしい。

「うぎゃあ！」

化け狸が目を見開き、大きく口を開けて、叫《さけ》びはじめた。

葬儀《そうぎ》のあとなどに、人の霊《れい》を家に上げさせないため、玄関先《げんかんさき》で清《きよ》めの塩をかける。

塩は、霊避《よ》けになるのだ。

十三　馬琴先生、妖怪です！

「うぎゃああ！」

この世のものとも思えない叫び声だった。

――「先生、逃《に》げて！」

わらしが叫ぶ。

馬琴は、両脚《りょうあし》ががたがた震《ふる》えて、立てそうになかった。

仰向《あおむ》けの姿勢《しせい》のまま、顔を上げ、畳《たたみ》のうえに両肘《りょうひじ》をついて、じりじりとうしろに退《さ》がるのが精一杯《せいいっぱい》だった。

「うぎゃああ！」

化け狸は、毛むくじゃらの両手で顔を押《お》さえはじめた。

と――。

消えた。

いきなり、化け狸が姿《すがた》を消した。

えっ？

あまりに呆気《あっけ》なかった。

いったい、どうなっているのだ。

ほんの少しの間、沈黙《ちんもく》が流れたが、わらしが声をあげた。

「先生、やった！　いなくなったよ！」

わらしの声を受けて、原市《はらいち》、平吉《へいきち》、お紺《こん》の順で叫《さけ》ぶ。

「退治《たいじ》したぞ！」

「やったね！」

「よかった！」

まだ、あたりには獣《けもの》の臭《にお》い、化《ば》け狸《だぬき》の臭いが漂《ただよ》っている。

馬琴《ばきん》は、まだ両脚《りょうあし》が震《ふる》えていたが、なんとか立ち上がり、息を吐《は》いた。

「ふぅ」

左手で人形を抱《だ》きかかえたわらしが、ちょこちょこと駆《か》け寄《よ》ってくる。

「先生、だいじょうぶ？」

「あ、ああ、だいじょうぶだ」

「そうは見えないけど」

「わらしは、どうだ」

「塩をかぶらないように逃《に》げてたから」

十三　馬琴先生、妖怪です！

原市、平吉、お紺も寄ってくる。

馬琴は訊《き》いた。

「塩をかけるというのは、だれが思いついたんだ」

原市と平吉が、お紺のほうを見る。

お紺は、顔を赤くして顔を伏《ふ》せている。

「そうか、そうか。でかした、でかした」

お紺の顔がますます赤くなる。

馬琴は、原市、平吉、お紺の頭をぽんぽん叩《たた》きながら言った。

「おまえたちには、こんど、なにか美味《うま》いものでも、ご馳走《ちそう》せねばならんな」

「やったーっ！」

原市と平吉が声をあげる。

そのとき、表のほうから、平吉の母お昌《まさ》の声が聞こえてきた。

――「みんな！　もう夕方だよ！　帰っておいで！　いつまでもいたら馬琴先生にご迷惑《めいわく》だよ！」

原市と平吉が、馬琴の顔を見てくる。

馬琴《ばきん》は、うなずいて言った。

「今日は、ありがとうな」

「じゃあな、先生！」

「帰るね、先生！」

原市《はらいち》と平吉《へいきち》が縁側《えんがわ》に腰掛《こしか》け、下駄《げた》を履《は》く。

ふたりのあとを追いながら、お紺《こん》が言った。

「先生、念のため、表と裏《うら》に塩撒《ま》いておいたほうがいいですよ」

「それもそうだな。ありがとうよ。みんな、掘《ほ》った穴《あな》に落ちるなよ」

「はーい！」

子供《こども》たちが返事をして、庭伝いに帰って行く。

振《ふ》り向くと、わらしが台所に置いてある塩壺《しおつぼ》を指差しながら言った。

「先生、塩」

「そうだ、そうだ」

馬琴は、塩壺を抱《かか》えると、廊下《ろうか》を歩いていき、玄関《げんかん》におりて下駄を履いた。落とし穴に気をつけながら門から出た。

門前から、ぐるりと家の周囲に塩を撒いて回った。

裏門《うらもん》の外側の左右に塩を盛《も》り、また表の門にもどり、門前左右に塩を盛った。

わらしがついて回る。

「先生、やけに念入りだね」

「そういう気性《きしょう》なのだ」

「ああ」

「なにが、ああ、だ」

「漬物《つけもの》の漬《つ》かり具合にもこだわりすぎてたから、お手伝いさんがすぐいなくなった」

「漬物と妖怪《ようかい》をいっしょにするな」

塩を撒き、盛り終えた馬琴は、わらしを連れて家に入った。

一階の六畳間《じょうま》の足跡《あしあと》をきれいに拭《ふ》いた馬琴は、さらに散らかった書斎《しょさい》を片付《かたづ》け、あり合わせで夕餉《ゆうげ》を済《す》ませた。

やがて夜が更《ふ》けていった。

十四　夏の夜の夢《ゆめ》？

＊

日差しの差し込《こ》む六畳間《じょうま》で、曲亭馬琴《きょくていばきん》は、心優《やさ》しく穏《おだ》やかな顔つきの妻《つま》、身体《からだ》が丈夫《じょうぶ》な息子と暮《く》らしている。

息子には、よくできた嫁《よめ》がおり、そして、かわいい男の子の孫がいる。

馬琴自身、身体健《すこ》やかで、なんの苦労もなく、いかなる悩《なや》みもなく、いま、このひとときを、のどかに過《す》ごしながら、「ああ、なんと幸せなのだ」と実感している。

これは夢なのではないと自分でも信じられない思いでいるほどだ。

そのとき地揺《じゆ》れが起きはじめた。

家が大きく横揺れしている。

十四　夏の夜の夢？

妻は馬琴にすがりつき、嫁と孫は息子に、その息子もまた馬琴にすがりついてくる。

妻と嫁の悲鳴、孫の泣き声。

地揺れはおさまるどころか、どんどん激《はげ》しくなっている……。

＊

馬琴は目を覚ました。

地揺れだ。

家が大きく揺れている。

逃《に》げなければと思うと同時に、心によぎったことがあった。

さっきのは、やはり夢だったのか。

馬琴は自分の頬《ほお》をつねった。

痛《いた》い。

夢ではない。

神田明神下《かんだみょうじんした》にいる妻お百《ひゃく》、息子宗伯《そうはく》、三女お鍬《くわ》、そして今晩《こんばん》だけ泊《と》まりに行っているお幸《さき》はだいじょうぶだろうか。

癇癪持《かんしゃくも》ちで疑《うたが》い深い妻《つま》、医者なのに病弱な息子、口うるさい長女、嫁《よめ》に行けるかどうか心配な三女でも、自分は心配しているのだな、冷静だなと感心してもいた。

「先生、自分に感心しているどころじゃないよ。地揺《じゆ》れだよ！　起きて！」

枕元《まくらもと》で、馬琴《ばきん》の心を読んだわらしの声がする。

「わ、わかった。そ、そうだな」

半身を起こし、そのまま立ち上がろうとしたが、できない。

馬琴が生まれてこのかた、江戸《えど》では地揺れそのものはときどきあるが、とくに大きな地揺れは起きていない。

噂《うわさ》では十八年前に秋田の象潟《きさかた》あたりで地揺れが起き、何百人も死んだとか、三年ほどまえにも琵琶湖《びわこ》のあたりで地揺れがあったと聞く。

地揺れではないが、馬琴が十二歳《さい》のときと、その翌年《よくとし》の十三歳のときに伊豆大島《いずおおしま》の三原山が噴火《ふんか》して、江戸《えど》も揺《ゆ》れ、灰《はい》が降《ふ》った。

十七歳のときには、上野国《こうずけのくに》（いまの群馬県）と信濃国《しなののくに》（いまの長野県）の境の浅間山《あさまやま》が噴火し、あのときも江戸は揺れ、灰が降った。灰のせいで農作物が育たず、関東や奥州《おうしゅう》（東北地方）全体が飢饉《ききん》に襲《おそ》われた。

十四　夏の夜の夢？

だが今回は、三原山噴火のときにも浅間山噴火のときにも経験《けいけん》していないほどの揺れだった。

身体《からだ》が前後に揺れる。

前につんのめり、うしろによろめき、尻餅《しりもち》をついた。

「先生、家が潰《つぶ》れちゃいそうだよ」

いま家が潰れたら……下敷《したじ》きになってしまう！　下敷きにならないためには……。

そうか！　家から出るのだ！　家から庭に出るのだ！

そのためには一階に下りねば！

馬琴は布団から這《は》い出して、なんとか立ち上がった。

身体が左右、前後、上下に揺れる。

なんとか階段《かいだん》上までに出た。

立ったままでは階段を下りることができず、ほとんど尻餅をつきながら、下りていった。

階段を下りてすぐ、馬琴は、縁側《えんがわ》、庭のほうを見ようとしたが、寝《ね》る前に、しっかり雨戸を閉《し》めておいたのだ。

「うわっ」

大きく揺《ゆ》れ、前のめりになって倒《たお》れた。

馬琴《ばきん》は四つん這《ば》いの姿勢《しせい》で這った。

六畳間《じょうま》の障子《しょうじ》を開こうとしたところで、揺れのために身体《からだ》が転がった。

また這う。

障子を開き、縁側《えんがわ》に出る。

雨戸を開けるには、閂《かんぬき》をはずし……雨戸を戸袋《とぶくろ》に入れ……。

雨戸の閂をはずそうとして、またうしろに倒れ込《こ》んだ。

というよりも、うしろ向きにごろごろと転がり、気づいたときには台所側の襖《ふすま》のところまで来ていた。

こういうとき、触《さわ》ると身体がすり抜《ぬ》けるわらしは役に立たない。支えになってくれないからだ。

「先生、勝手口！」

襖を開き、廊下《ろうか》に身体を出す。

わらしが、人形を抱《だ》いていないほうの右手で指差すと同時に、また揺れ、馬琴は台所の土間に落ちた。

「痛《いて》てつ」

土間の簀《す》の子《こ》の上を這い、そのまま土間に這い下りる。

這って、這って……。

立ち上がり、勝手口を開ける。

あとは裏門《うらもん》を開けて出れば、外だ。

外に出られれば、地揺れで家が潰《つぶ》れても、生きながらえることができる。

そう思って、よろめきながら足を前に踏《ふ》み出すのと、わらしが叫《さけ》ぶのが同時だった。

「先生！　ダメ！」

ダメ⁉　ああ、そういえば、ここには落とし穴《あな》がっ。

と気づいたときには遅《おそ》かった。

「うわっ！」

身体が落下していた。

足から落ち、尻餅《しりもち》をついた。尻の下には筵《むしろ》、土。

さらに上から、土がばらばらと落ちてくる。

「くそっ」

「先生？」

落とし穴《あな》の縁《ふち》から、わらしが覗《のぞ》き込《こ》む。両手で握《にぎ》った人形にも覗き込ませている。

「だいじょうぶ？」

「だいじょうぶじゃないわい！　なぜ、もっと早く言わん！」

「忘《わす》れてたんだもん。ごめんね」

「うぬ。ここから出るのを手伝え。ほら、手を出せ」

「無理」

「えっ」

「座敷童《ざしきわらし》だもん」

わらしは実体がないのだ。手を出したところで、馬琴《ばきん》の手を握れないし、馬琴もつかむことができない。

「先生、ひとりでがんばって」

「おのれ」

馬琴が落とし穴の中で立ち上がったところで、また家が揺《ゆ》れた。

十四　夏の夜の夢？

「おっと」

身体《からだ》が振《ふ》られ、尻餅《しりもち》をつく。また立ち上がる。

馬琴は、両手を上に伸《の》ばした姿勢《しせい》で、落とし穴の底の地面を蹴《け》った。両の手のひらを穴の縁《ふち》に置く。すぐさま両足を広げて突《つ》っ張《ぱ》り、穴の側面にへばりつく。

片足《かたあし》ずつ上げ、両手で支えつつ肘《ひじ》を張り、身体を持ち上げる。

「先生、がんばれー」

わらしが気の抜《ぬ》けた声で励《はげ》ましてくる。

「がんばっておるわい。がんばっておる者に、がんばれと申すな」

「それ言うの二回目だよ」

「なら、覚えろ」

上体が、かなり上がってきた。

あとは一気に身体を穴の外へ運ぶだけ。

そう思ったとき、また揺れた。

「うわっ！」

ふたたび穴《あな》の底に落ちた。

「はぁ」

「だったら、おまえがやれ」

「無理」

「けっ」

馬琴《ばきん》は、同じことを繰《く》り返し、ようやく落とし穴から這《は》い上がり、上体を出した。

そのときになって気づいた。

「あれ？」

地震《じしん》が収《おさ》まっている。

馬琴は穴から這い出た。

家はだいじょうぶだ。崩《くず》れていないし、壊《こわ》れてもいない。

開けっ放しになっている勝手口から台所に入る。

天井《てんじょう》を見上げた。

崩れてはいないが、棚《たな》に置いてあった鍋《なべ》が落ちていたり、皿が割《わ》れていたりはしている。

十四　夏の夜の夢？

「やれやれ。ひどい地揺《じゆ》れだったわい」

馬琴が土埃《つちぼこり》で汚《よご》れた寝間着《ねまき》を払《はら》い、台所の簀《す》の子《こ》、さらに廊下《ろうか》に上がったとき――。

目の前の光景に違和感《いわかん》を覚えた。

なにかが、ない。

なんだ？

あっ。

さっきまで、そこにあったはずの六畳間《じょうま》が見えないのだ。

目の前に見えているのは、黒っぽい、茶色っぽい、毛のようなもの。

あっ！　ああっ！

「おまえっ」

わらしが言う
「先生、ば、化け、だ、狸《だぬき》だよ」

「…………」

馬琴は声を出せなかった。

夕方、原市《はらいち》と平吉《へいきち》が塩をかけて退治《たいじ》したはず。

いや、退治《たいじ》したつもりでいた。
だが、化《ば》け狸《だぬき》は退治《たいじ》されていなかったらしい。
念のために家の周囲に塩を撒《ま》き、とくに表門と裏門《うらもん》の前には塩を盛《も》っておいた。
なのに化け狸は入ってきた。
なぜだ？
目の前の光景が動いた。
毛だらけの光景がゆっくり回りはじめた。
馬琴《ばきん》も、わらしも、身構《みがま》えた。
天井《てんじょう》近くに、化け狸の顔が出現《しゅつげん》した。
お、巨《おお》きく、なってる。
その化け狸の口が左右に広がり、口角《こうかく》が上がった。
笑ってる!?
化け狸がゆっくり口を尖《とが》らすしぐさをすると、息を吐《は》いた。
すると家が縦揺《たてゆ》れしはじめた。床《ゆか》ごと持ち上がったように思えた。
化け狸が、また笑う。

そうか。

家の周囲に撒いたり、門の前に盛ったりしてあった塩は、化け狸が吹《ふ》き飛ばしたのだ。

だから地揺れのように、家が揺れたのだと、いまさらながら気づいた。

夕方は、とっさのことだったので、化け狸も塩をもろにかぶってしまい、姿《すがた》を消したのだろう。

化け狸は姿を消すことができると聞く。

そうか。だから原市《はらいち》、平吉《へいきち》、お紺《こん》らに気づかれずに家に入り込《こ》んでは足跡《あしあと》を残すことができたのだ。

姿を消したまま、彼らを突《つ》き飛ばすことができたのだ。

そして二階の、馬琴の書斎《しょさい》を荒《あ》らすことができたのだ。

だが、いま目の前にいる化け狸は、姿を消すだけではない。

身体を巨大化《きょだいか》させることもできるのだ。

だが……。

この化け狸は、いったい、なにがしたいのだ。

十五

馬琴《ばきん》、危機《きき》一髪《いっぱつ》！

曲亭馬琴《きょくていばきん》が思っていると、身体《からだ》の奥底《おくそこ》から響《ひび》くような、太く大きな、そして吐《は》き気《け》をもよおすような化《ば》け狸《だぬき》の声が聞こえてきた。

「『南総里見八犬伝《なんそうさとみはっけんでん》』の続きを書く気がない以上……」

「書く気はある」

「嘘《うそ》をつけ」

「嘘ではない。書いておる」

「遅《おそ》い」

「勝手を申すな！」

「うるさい」

逃《に》げるか。

十五　馬琴、危機一髪！

だが、化け狸が巨大化《きょだいか》しているため、馬琴は台所前の廊下《ろうか》から、六畳間《じょうま》にも、二階に上がる階段《かいだん》前にも移動《いどう》することができない。

さて、どうする。

馬琴の心を読むわらしよりも先に、化け狸が言った。

「覚悟《かくご》いたせ」

次の瞬間《しゅんかん》――。

また地揺《じゆ》れが起きはじめた。

地揺れのなかで、馬琴は身体が六畳間のほうへ、ずずずと動くのがわかった。

身体の重みをかけ、足を踏《ふ》ん張《ば》る。

「先生！」

わらしが叫《さけ》び、左手で人形を抱《だ》いたまま、馬琴の左足にしがみついてくる。

感触《かんしょく》はないが、気配は、はっきり伝わってくる。

化け狸が息を吐《は》いているのか。

馬琴は、足を踏ん張りつづけながら、化け狸の顔を見上げた。

化け狸は息を吐いているのではない。

化《ば》け狸《だぬき》は、息を吸《す》っているのだ。

化け狸の声、いや、聞こえない声が聞こえてくる。

「呑《の》み込《こ》んでくれるわ」

地揺《じゆ》れが激《はげ》しくなる。


「うわっ」

馬琴《ばきん》は足下《あしもと》をすくわれて、前のめりに倒《たお》れた。

縁側《えんがわ》のほうに頭、化け狸のほうに足を向けた格好《かっこう》だ。

わらしは、馬琴にしがみついたままだ。

馬琴は、畳《たたみ》の上で、両手両足を広げて、踏《ふ》ん張《ば》りつづけた。

だが……。

ずず、ずずず。

身体《からだ》がうしろに動く。

「くそっ」

そのたびに馬琴は両手の指に力を込めた。

ずず、ずずず、ずずずず。

十五　馬琴、危機一髪！

爪《つめ》が畳に食い込んだまま、身体がうしろに引きずられる。

うつぶせの姿勢《しせい》のまま、前を見ても左右を見ても、いま自分が部屋のどのへんにいるかはわかる。

それでも、つい、肩越《かたご》しに振《ふ》り向いてしまう。

化け狸の顔がすぐ目の前にあるように見えた。

口をすぼめているのではなく、大きな口を開けたまま息を吸っている。

大きな口を開けて息を吸いながら、化け狸が笑ったように見えた。

身体が、ぞわっとし、ぶるりと震《ふる》えた。

吐《は》き気《け》をもよおしながら、馬琴は顔をもどした。

ずず、ずずず、ずずずず、ずずずずず。

うつぶせの身体が一気に後ろに引きずられる。

化け狸の気配が、さらに近づいている。

「せ、先生」

「わ、わしから手を放すな！」

無意味とわかっていても、馬琴はそう叫《さけ》んでいた。

「わかった」

「わらし！」

「なに？」

「座敷童《ざしきわらし》だろ。なんとかせえ！」

「無理」

「返事が早すぎる！」

「だって先生を期待させちゃ悪いかなって」

ずず、ずずず、ずずずず、ずずずずず、ずずずずず。

「うわっ」

——「ぐははは」

息を吸《す》っている化《ば》け狸《だぬき》のものだろう、薄気味《うすきみ》悪い声が聞こえてきたかと思ったそのとき——。

ああっ！

馬琴《ばきん》の身体《からだ》が、ふわりと浮《う》いた。目の端《はし》に宙《ちゅう》に浮くわらしの姿《すがた》も見えた。人形を手放さないように、両手で抱《だ》きかかえている。

十五　馬琴、危機一髪！

畳《たたみ》にしがみついていれば、もう少し持ちこたえることができると思っていた。
だが、畳から剝《は》がされるのは一瞬《いっしゅん》だった。
――「ぐひひひ」
また化け狸の笑い声が聞こえる。こんどは勝ち誇《ほこ》ったような声に聞こえた。
吸《す》い込《こ》まれてしまうのか。
化け狸の胃《い》の腑《ふ》に入れられてしまうのか。
左手で人形を抱《かか》えたわらしが、右手でしがみついてくる。
馬琴は、両手両足をばたつかせた。
だが、どんどん、うしろに引きずられる。
足先が生暖《なまあたた》かく感じる。
化け狸の吐息《といき》がかかっているらしい。
馬琴は、さらに両手両足をばたつかせた。
ずず、ずずず、ずずずず、ずずずずず、ずずずずずず、ずずずずずずず。
このままでは、呑《の》み込まれてしまう。
――「ぐふふふ」

生暖《なまあたた》かさが、足先から、足首、脹《ふく》ら脛《はぎ》、膝《ひざ》、太股《ふともも》と、どんどん上がってくる。

もう身体《からだ》の半分近くまで呑《の》み込《こ》まれてしまったらしい。

もう振《ふ》り返る余裕《よゆう》も勇気もない。

「先生？」

わらしが声をかけてくる。

わらしなりに、馬琴《ばきん》にしがみついているのだろう。

声が弱々しくなっている。

「わらし、しっかりしろ！」

「無理かも」

「あきらめるな！」

「だって」

ああ、このままでは化《ば》け狸《だぬき》に呑み込まれてしまう。

もう、だめかもしれない。

十六

守り隊vs.妖怪《ようかい》

宙《ちゅう》に浮《う》き、化け狸《だぬき》の口に身体《からだ》半分吸《す》い込《こ》まれながら、曲亭馬琴《きょくていばきん》は顔を上げた。

目の前に、なにかが飛んできた。

目に入った。痛《いた》い。

口に入った。しょっぱい。

これは！

――「ぐわーっ！」

地鳴りのような声がした次の瞬間《しゅんかん》――。

身体が落ちた。

畳《たたみ》の上に身体が叩《たた》きつけられた。

「先生！　逃《に》げて！」

「早く！」

「こっち！」

原市《はらいち》、平吉《へいきち》、お紺《こん》の声が同時に聞こえてくる。

視界《しかい》に三人が映《うつ》る。

平吉とお紺が近づいてきて、馬琴《ばきん》の腕《うで》を片方《かたほう》ずつ引っぱってくれる。

人形を両手で抱《だ》いたわらしもついてくる。

畳《たたみ》の上から振《ふ》り返ると、化《ば》け狸《だぬき》が悶絶《もんぜつ》していた。

原市が、塩壺《しおつぼ》をかかえ、化け狸めがけて塩をかけているのだ。

「おまえたち、来てくれたのか」

馬琴が訊《き》くと、お紺が答えた。

「うちのおじいちゃんが『先生ん家だけ地《ち》揺《ゆ》れだ』って言うから外に出てみたら、ほんとうに先生ん家だけが地揺れになってるんだもの。もしかしたらと思って、原市くんと平吉くんを呼《よ》びに行ったの」

「原市も平吉も寝《ね》ていたんだろ」

平吉が答える。

十六　守り隊vs.妖怪

「だって、ぼくたち『馬琴先生を守り隊』だから！」

その声を聞いて、原市が言う。

「平吉！　夕方みたいに、塩が効《き》かねえ！」

――「ぐへへへ」

不気味な声がしたかと思うと、原市の身体《からだ》がうしろに飛んだ。

塩壺が畳のほうに転がってくる。

化け狸が息を吸《す》うのをやめて、吐《は》いたのだ。

台所近くの廊下《ろうか》で原市が叫《さけ》ぶ。

「お紺ちゃん！　塩壺、そっちに転がった！　化《ば》け狸《だぬき》に、塩をかけて！」

「わたし、無理！」

「なんで！」

「だって」

そのとき――。

さらに化け狸が、原市に近づいて行く。

――「ぐほほほ」

気勢《きせい》をあげながら近づくと、化《ば》け狸《たぬき》は両手を前に突《つ》きだした。

原市《はらいち》の頭をつかみにかかっているように見えた。

「原市!」

「逃《に》げろ!」

「やめて!」

馬琴《ばきん》、平吉《へいきち》、わらしが声を発するよりも早く、お紺《こん》が原市の背中《せなか》から覆《おお》いかぶさった。

いまにも原市の頭をつかみかけていた化《ば》け狸《だぬき》の動きが止まった。

その化け狸の爪《つめ》の生えた指、手を、なにかが、ぶんぶんと払《はら》っている。

尻尾《しっぽ》?

薄茶《うすちゃ》色の尻尾?

よく見ると、赤い着物を着た子狐《こぎつね》が大きな尻尾で、化け狸の手を払っていたのだ。

お紺は、狐だったのか。

お紺なら、化けていたとはいえ怒《いか》りは湧《わ》かない。かわいらしさすら感じる。

「えっ、お紺ちゃん」

「お紺《こん》ちゃんが？」

原市《はらいち》と平吉《へいきち》が驚《おどろ》くのも無理はない。

「先生、知らなかったの？」

わらしだ。

「稲荷寿司《いなりずし》を喜んで食べてるとき尻尾《しっぽ》出してたよ」

あのとき、わらしが言っていたのを思い出した。

――「お紺ちゃん、出てる。引っ込《こ》めて」

そうだったのか。引っ込めて、というのは、尻尾のことだったのだ。

さらに馬琴は、お紺が瞬間移動《しゅんかんいどう》していたことを思い出していた。狐《きつね》のお紺は、どろんと姿《すがた》を消すことができるのだ。

――「ぐほほほ」

化《ば》け狸《だぬき》が両手を前に出した。

原市をうしろから抱《かか》えた子狐ごと捕《つか》まえようとする。

子狐が、原市をうしろから抱えたまま、姿を消した。

見ると、六畳間《じょうま》の縁側《えんがわ》のほうへ瞬間移動していた。

十六　守り隊vs.妖怪

子狐のお紺が叫《さけ》ぶ。

「平吉くん！　いまよ！　おなら！」

「え、わかった」

わらしが叫ぶ。

「でも！　お紺ちゃんは、だいじょうぶなの？」

「だいじょうぶじゃないけど、いいの！　先生を守るためだから！」

馬琴《ばきん》は、わらしに訊《き》いた。

「どういうことだ！」

「お紺ちゃん、化け狐だし」

「わらしちゃんだって」

その子狐のお紺が言う。

馬琴は思い出していた。夕方、平吉がおならを放ったあと、お紺はぶっ倒《たお》れて悶絶《もんぜつ》し、わらしは気絶していた。

わらしと子狐のお紺が同時に叫ぶ。

「平吉くん、早く！」

「わかった！」

返事をした平吉《へいきち》は、化《ば》け狸《だぬき》に背中《せなか》を向けた。

化け狸が妙《みょう》な声を出す。

――「ぐぐぐぐ」

子狐のお紺が叫《さけ》ぶ。

「狸が、消える！　平吉くん、早く！」

平吉が大股《おおまた》を広げた。

子狐のお紺が叫ぶ。

「先生！　わらしちゃん！　気をつけて！」

馬琴は着物の袖《そで》で鼻を押《お》さえた。

わらしは、人形を抱《だ》いていないほうの右手の袖で鼻を押さえる。

平吉が腰《こし》を曲げ、お尻《しり》を突《つ》き出す。

「ぶうううううう！」

大音響《だいおんきょう》とともに、平吉のおならが放たれた。

着物の袖で押さえていても、ものすごい臭気《しゅうき》が襲《おそ》ってくる。

まず、すぐ脇《わき》で、わらしが人形を両手に抱いた格好《かっこう》で、仰向《あおむ》けに転倒《てんとう》して気絶《きぜつ》。

子狐のお紺が、ふたたび人の姿《すがた》になったまま、原市《はらいち》の上でもだえ苦しみ、やがて気絶した。

その原市は顔をしかめて、叫《さけ》んでいる。

「臭《く》っせえ！　臭っせえ！」

だが原市の声は、すぐにかき消された。

――「ぐおおおおおお！」

化け狸が吠《ほ》えている。

見上げると化け狸は、黒目ばかりの目を見開き、鼻の穴を広げ、口を裂《さ》けんばかりに開き、髭《ひげ》がぴんと張《は》り、身体《からだ》じゅうの毛が逆立《さかだ》っている。

そして叫びながら、巨大《きょだい》な身体をぐるぐると回転させはじめた。

叫びが大きく、長くなる。

――「ぐおおおおおおおおおおお！」

化け狸の身体から放たれた毛が四方八方に飛び散りはじめた。

馬琴《ばきん》も、原市も、平吉も、腕《うで》で顔を隠《かく》し、毛を避《よ》けた。

家全体が、これまでにないほど大きく揺《ゆ》れはじめた。

縦《たて》揺れだけでもない。

横揺れだけでもない。

前後左右に揺れているだけでもない。

たとえて言うならば、巨人《きょじん》がこの家ごとつかみ上げて、揺らしているかんじだ。

「うわっ！」

身体《からだ》が浮《う》いた。

馬琴《ばきん》だけではない、原市《はらいち》も、平吉《へいきち》も、原市に覆《おお》い被《かぶ》さったまま気絶《きぜつ》していたお紺《こん》も、そして、やはり気絶していたわらしも浮いた。

さらに、一階の六畳間《じょうま》にある調度品、台所の道具などが浮き上がった。

そして、化《ば》け狸《だぬき》の毛が飛び散るなか、人が、物が、渦《うず》を描《えが》くように、ぐるぐる、ぐるぐる、回りはじめた。

回転が、どんどん速くなっていく。

その渦のなかで、馬琴は目を回していた。視界に入っている原市、平吉も目を回しているだろうと思った。お紺とわらしは気絶したままだろうが。

がたがた、がたがた。

馬琴の住む狭《せま》い二階家が音を立てて揺れる。

このままだと、家が粉々になってしまうかもしれない。

そうなれば、ほかの家族が住む神田明神下《かんだみょうじんした》の家に転がり込《こ》むか。

だが、その前に、粉々になった家の片付《かたづ》けをせねばならぬ。隣《となり》近所にも迷惑《めいわく》をかけた詫《わ》びをせねばならん。ああ、面倒《めんどう》だ、面倒だ。

こんな目に遭《あ》いながら、わしはなにを冷静に考えているのだ。

いったい、どれくらい渦《うず》のなかにいただろう。

一瞬《いっしゅん》、目の前に白いものが広がったように見えた。暗がりから明るいところに出たときに似《に》ている。

その光のなかに、馬琴はあるものを見ていた。

化け狸の身体が膨張《ぼうちょう》したかと思うと破裂《はれつ》した。

かと思うと、何百匹《ぴき》という小狸《こだぬき》が視界《しかい》いっぱいに広がった。

そして、その狸たちがいっせいに逃《に》げていく。

あの化け狸は、世の中の狸という狸の集合体だったということか……。

十六　守り隊vs.妖怪

気づいたときには、馬琴《ばきん》は畳《たたみ》の上に落ちていた。

「痛《いて》てて」

目を開き、顔を上げた。

六畳間《じょうま》には、原市《はらいち》、平吉《へいきち》、お紺《こん》、わらしも横たわっていた。

原市と平吉はうめき、お紺とわらしは気絶《きぜつ》したままだ。

馬琴は周囲を見回した。

不思議なことが起きていた。

馬琴たちといっしょに渦《うず》のなかで、ぐるぐる回っていた六畳間の調度品、台所の道具などが、何事もなかったかのように、元の場所に収《おさ》まっているのだ。

「お紺ちゃん！」

起き上がった原市と平吉がお紺の肩《かた》を揺さぶりながら声をかけている。

馬琴も、わらしに声をかけた。

「わらし！　起きろ！」

お紺が、つづいてわらしが目を覚ます。

はじめは、ぼんやりした目であたりをうかがうように見ていたお紺とわらしは、一《いっ》瞬《しゅん》の沈黙《ちんもく》の直後に、原市《はらいち》、平吉《へいきち》とともに叫《さけ》んだ。
「やったー！」
そして三人とわらしは、抱《だ》き合いながら、ぴょんぴょん跳《は》ねた。
平吉のおならが、化《ば》け狸《だぬき》を退治《たいじ》したのだ。にわかには信じられないことだった。
馬琴《ばきん》は、三人とわらしに訊《き》いた。
「みんな、化け狸の最期《さいご》、見たか」
「化け狸が……」と原市。
「爆発《ばくはつ》して……」と平吉。
「何百匹《びき》の小狸《こだぬき》になって……」とお紺。
「逃《に》げていった……」とわらし。
馬琴は家のなかを見回した。
化け狸も、何百匹という小狸も、その姿《すがた》を消していた。
獣臭《けものしゅう》もなくなっていた。
これまで見たことが、夢《ゆめ》まぼろしだったのではないかと思えた。
馬琴は、原市、平吉、お紺に声をかけた。

「三人とも、ありがとうな。もうだいじょうぶだろうから、家に帰って寝《ね》なさい。原市、平吉、夜なんだから、お紺を送ってやれ」

「わかった」

「うん」

うなずく原市と平吉に、お紺が言った。

「だいじょうぶ。見ただろうけど、わたし、化《ば》け狐《ぎつね》だから」

「狐が化けてても、お紺ちゃんはお紺ちゃんだから」

原市が言うと、平吉も満面の笑みを浮《う》かべた。

その笑みを見て、わらしも、馬琴も笑った。

帰りしな、家の門まで三人を送っていると、原市が振《ふ》り向いて言った。

「なにか困《こま》ったことがあったら、いつでも、おれたちを呼《よ》んでくださいね！」

「わかった、わかった」

話の流れでそう返事したが、馬琴のなかに、引きこもりの馬琴がまた顔を出していた。

ああ、面倒《めんどう》くさい。

えぴろーぐ

曲亭馬琴《きょくていばきん》は、夜を徹《てっ》して、家の二階の書斎《しょさい》の片付《かたづ》けにおおわらわだった。五十路《いそじ》も半ばを過《す》ぎての徹夜《てつや》は堪《こた》える。

書斎の隅《すみ》の畳《たたみ》の上では、見物するのに飽《あ》きたのだろう、わらしが壁《かべ》にもたれかかり、人形をうしろから抱《だ》きかかえたまま、こくりこくりしながら眠《ねむ》っている。

積み上げた木箱に和書を入れながら、馬琴は思っていた。

あの真琴《まこと》と名乗る女性《じょせい》の読者は、化《ば》け狸《だぬき》だった。正しくは何百匹《びき》という狸たちが集まった化け狸だった。

逆《ぎゃく》に言えば、馬琴の『南総里見八犬伝《なんそうさとみはっけんでん》』は、人だけでなく、狸たちにも読まれていたことになる。

化けて出て、悪さをしないなら、だれが読んでくれていようと悪い気はしない。

続きを出さなければ、また真琴《まこと》のような者が現《あらわ》れないともかぎらない。

「書かねばならん」

書斎の片付けを終えたときには、すでに日が昇《のぼ》りはじめていた。

朝餉《あさげ》の支度《したく》する気にもなれなかった馬琴は、そのまま文机《ふづくえ》に向かった。

いつものように墨《すみ》を擦《す》り、『南総里見八犬伝』の続きを書きはじめた。

ふだんなら、一字一字、淡々《たんたん》と書き進めるのだが、今日の馬琴の筆の動きは速かった。

いつも、これくらい速ければ、あんな化け狸に襲《おそ》われることもなかったかもしれない。だからといって、強迫観念《きょうはくかんねん》に襲《おそ》われながら書きつづけるのも、どうかと思うが。

わらしが熟睡《じゅくすい》している横で、馬琴が執筆《しっぴつ》に集中していると——。

——「きゃーっ」

どこかで声がした。さらに……。

——「おとっつぁーん！　助けてーっ！」

馬琴は、はっと顔を上げた。

「お幸《さき》さんの声だね」

わらしの声が、すぐうしろから聞こえてきた。

「いつの間に起きていたのだ」

「座敷童《ざしきわらし》だから」

「目覚めがいい理由になっておらん」

また声がする。

――「おとっつぁーん！　助けてよーっ！　助けてったらーっ！」

たしかに、娘《むすめ》お幸《さき》の声だ。ゆうべは神田明神下《かんだみょうじんした》の家に一泊《ぱく》していた。もう帰ってきたのか。

だが、なにが「助けて」なのだ。

「もしや」

あの化《ば》け狸《だぬき》が、まだ、この家にいるのではなかろうか。

塩でも駄目《だめ》、平吉のおならでも退治《たいじ》することができなかったということか。

馬琴《ばきん》は立ち上がった。

「うっ」

腰《こし》が少し痛《いた》んだ。

腰に手をあてた。昨日から腰の痛みを忘《わす》れていたことを思い出した。

「早く、下りたほうがいいよ」

わらしが急《せ》かす。

「わかっておる」

一階に下りた馬琴は、わらしを連れて廊下《ろうか》に立った。

右は、あの騒《さわ》ぎのあった六畳間《じょうま》、左は台所。正面は玄関《げんかん》に通じているのだが。

馬琴は家のなかを見回した。

どこにも、お幸の姿《すがた》がない。

化け狸に吸《す》い込《こ》まれたか。

すると馬琴の心を読んだわらしが言った。

「だったら、このへんに獣《けもの》の臭《にお》いがしてるはずだよ」

わらしが小さな鼻をひくひくさせる。

「化け狸じゃないよ」

「見てみなければわからん」

馬琴は、廊下をまっすぐ歩いていった。

三和土《たたき》に下りて、下駄《げた》を履《は》く。

玄関戸《げんかんど》を開ける。

だが、開きっぱなしになった門の戸が見えるだけで、お幸《さき》が見えない。

——「おとっつぁん！　どこ見てんのよ！　ここよ、ここ！」

足下《あしもと》から声が聞こえてきた。

ゆっくり視線《しせん》を下げた馬琴《ばきん》は、すべてを理解した。

頭からたくさんの土を被《かぶ》った娘《むすめ》お幸が落とし穴《あな》の底に尻餅《しりもち》をついたまま、鬼《おに》のような形 相《ぎょうそう》で父親の馬琴を見上げていた。

「ちょっと、おとっつぁん！　なに、ぼんやりしてるのよ。引っ張《ば》り上げてよ！」

「どうしようか。そこにいるほうが、家のなかが静かになっていいかもしれん」

「んもう、お願いです。お願いします。ここから出してください！」

馬琴は手を差し伸《の》べ、娘お幸を引っ張り上げた。

そのあとは玄関と表門のあいだと、勝手口と裏門《うらもん》のあいだの落とし穴を埋《う》める作業をするハメになった。

化《ば》け狸《だぬき》を落とすつもりで掘《ほ》った穴には、けっきょく、馬琴とお幸が落ちてしまっただけだった。

表の落とし穴《あな》を埋《う》め終えたとき、馬琴《ばきん》は、ふと厭《いや》な気を感じていた。

厭な視線《しせん》と言い換《か》えてもいい。

馬琴は、表門の内側から外を眺《なが》めた。

門のすぐ外を、真っ黒な猫《ねこ》がゆっくりと右から左へ通り過《す》ぎていった。

あとがき

親愛なる読者諸君《しょくん》。

『馬琴《ばきん》先生、妖怪《ようかい》です！――お江戸《えど》怪談捕物帳《かいだんとりものちょう》』、楽しんでいただけましたか？

クスノキは「江戸時代の小説家、曲亭《きょくてい》馬琴（滝沢《たきざわ》馬琴。一七六七〜一八四八）をテーマにした小説を書きたい」と、ずっと思っていました。

馬琴の代表作は、もちろん『南総里見《なんそうさとみ》八犬伝《はっけんでん》』。とはいえ『南総里見八犬伝』そのものが壮大《そうだい》なスケールの物語ですから、似《に》たようなものを書いたところで馬琴にかなうはずがありません。クスノキは、馬琴の物語世界ではなく、彼《かれ》の日常《にちじょう》生活を書きたいと思っていたのです。

馬琴は、「筆一本で生活をした日本最初の文筆家」と言われている人物。クスノキにとって大先輩にあたります。

しかも！　しかも！　物語のなかの馬琴は、わたしとだいたい同い歳《どし》！　どこか気持ちがシンクロするわけで、いま書かずしていつ書くの！　です。

ただ馬琴の日常を描《えが》くだけでは波瀾万丈《はらんばんじょう》がちょっと足りません。

そこで、ボケたキャラクターにさせてもらった馬琴にたいして、鋭《するど》いツッコミを入れてくれる女の子を登場させることにしました。それもただの女の子ではありません。かわいいかわいい座敷童《ざしきわらし》！　ふつうのおとなには見えないけど、なぜか馬琴には見える、子供《こども》たちにも見える座敷童です。

馬琴と座敷童の「ふたり」のほかには、近所に住んでいる子供、原市《はらいち》・平吉《へいきち》・お紺《こん》の三人組とその家族にも登場してもらいました。

そして、そして！　サブタイトル「お江戸怪談捕物帳」にあるとおり、登場人物たちを困《こま》らせる「妖怪」は欠かせません。「あとがき」を先に読む人もいるでしょうから、どんな「妖怪」が登場するかは、読んでからのお楽しみですけどね。

ちなみに本書にはストーカーのような行動をとる読者が登場しますが、馬琴にも似たような熱心な読者がいたようです。ただし江戸時代のその熱心な読者と本書は、いっさい関係ありませんので念のため。

では、またお会いできる日を楽しみにしています。じゃ。

楠木誠一郎

二〇一六年九月

【著者】楠木誠一郎《くすのき・せいいちろう》

福岡県生まれ。日本大学法学部卒業後、歴史雑誌編集者を経て作家となる。『十二階の柩』で小説デビュー。『名探偵夏目漱石の事件簿』で第8回日本文芸家クラブ大賞受賞。『坊っちゃんは名探偵！』からはじまるロングセラーシリーズ「タイムスリップ探偵団」など著書多数。

【画家】亜沙美《あさみ》

漫画家、イラストレーター。挿絵を手がけた作品に、「若おかみは小学生！」シリーズ、「温泉アイドルは小学生！」シリーズ（ともに令丈ヒロ子作）ほか、『雷獣びりびり』（高橋由太原作）など。

馬琴《ばきん》先生《せんせい》、妖怪《ようかい》です！

お江戸《えど》怪談《かいだん》捕物帳《とりものちょう》

2016年10月12日　初版発行

作者　楠木誠一郎
画家　亜沙美
発行者　松浦一浩
発行所　株式会社静山社
〒102-0073　東京都千代田区九段北1-15-15
電話　03-5210-7221
http://www.sayzansha.com
ブックデザイン　アルビレオ
印刷・製本　中央精版印刷株式会社
編集　荻原華林

ISBN 978-4-86389-364-1

悪ガキ7シリーズ

宗田理 作

いじめっこもずるい大人も
みんなまとめてかかっておいで！

いたずら大好きな悪ガキ7人組が、みんなのこまっていることや悩んでいることを、いたずらで解決!?

1 いたずらtwinsと仲間たち
2 モンスター・デスマッチ！
3 タイ行きタイ！
4 転校生は魔女!?　（以下続刊）

イラスト：中山敦支　静山社

紫式部の娘。賢子《かたこ》がまいる！

篠綾子作　小倉マユコ絵

母とは正反対の勝気な性格で、
恋に事件に大いそがし！

かの有名な紫式部の娘、賢子。宮中のいじめに悩まされた母とは正反対の、負けず嫌いで勝気な性格。中流階級の娘ながら、素敵な貴公子との大恋愛に野望を抱く、生意気盛りの14歳。さぁ、恋に事件に大騒ぎの宮仕え生活、はじまり、はじまり。

静山社

もののけ屋シリーズ

廣島玲子 作　東京モノノケ 絵

この男に出会えたあなたは
大ラッキー？　それとも……

悩める子供のもとにどこからともなくあらわれて、不思議な力を貸してくれる、その男の名は……。「銭天堂」シリーズでおなじみ廣島玲子の、傑作ホラー短編集。

1　一度は会いたい妖怪変化
2　二丁目の卵屋にご用心　（以下続刊）

静山社